7

Jul.

余光中 ———— 著

凡是过去，
皆为序曲

中国友谊出版公司

一个真正幽默的心灵，必定是富足，宽厚，开放，而且圆通的。

浪子已老了,唯山河不变

给我一片雪花白啊雪花白
信一样的雪花白
家信的等待
是乡愁的等待
给我一片雪花白啊雪花白

小时候
乡愁是一枚小小的邮票
我在这头
母亲在那头

那年的秋季特别长,像一段雏形的永恒。我几乎以为,
站在四围的秋色里,那种圆溜溜的成熟感,会永远悬在
那里,不坠下来。

正如从古到今，人来人往，马嘶马蹶，月缺月圆，万里长城长在那里。李陵出去，苏武回来，孟姜女哭，季辛吉笑，万里长城长在那里。

一个人命里不见得有太太或丈夫,但绝对不可能没有朋友。即使是荒岛上的鲁滨逊,也不免需要一个"礼拜五"。

目 录
CONTENTS

第一章 尺素寸心

一张比一张离你远。一张比一张荒凉。
检阅荒凉的岁月,九张床。

九张床	002
望乡的牧神	010
地图	027
尺素寸心	036
一笑人间万事	040
万里长城	044
茱萸之谜	051
黑灵魂	055
塔	065

第二章　关山无月

旅客似乎是十分轻松的人，实际上却相当辛苦。旅客不用上班，却必须受时间的约束；爱做什么就做什么，却必须受钱包的限制；爱去哪里就去哪里，却必须把几件行李蜗牛壳一般带在身上。

南半球的冬天	076
西欧的夏天	084
凭一张地图	088
桥跨黄金城	092
关山无月	117
满亭星月	127
雪浓莎	140
仲夏夜之噩梦	165

目　录
CONTENTS

第三章　另有离愁

人生为什么不倒过来呢？为什么没有一个国度，让我们出世的时候做老人，然后一生逐渐返老还童，到小得不能再小的时候，就一一白日升天而去，或者在摇篮里一一失踪。

樵夫的烂柯	174
幽默的境界	177
独木桥与双行道	182
梦见父亲	187
忆初中往事	196
朋友四型	201
另有离愁	204
析论我的四度空间	209

第四章　等你，在雨中

布谷鸟啼，两岸是一样的咕咕
木棉花开，两岸是一样的艳艳

乡愁	230
乡愁四韵	232
夜读曹操	234
断桥残雪	236
白玉苦瓜	238
浪子回头	241
太阳点名	245

第一章

尺素寸心

一张比一张离你远。
一张比一张荒凉。
检阅荒凉的岁月,九张床。

九张床

　　一张比一张离你远。一张比一张荒凉。检阅荒凉的岁月,九张床。

　　第一张。西雅图的旅馆里,面海,朝西。而且多风,风中有醒鼻的咸水气息。那是说,假如你打开长长的落地窗,披襟当风。对于宋玉,风有雌雄之分。对于我,风只分长短。譬如说,桃花扇底的风是短的。西雅图的风是长的。来自阿拉斯加,自海豹群吠月的岩岸,自空空洞洞的育空河口吹来。最难是,破题儿第一遭。寂寞的史诗,自午夜的此刻开始。自西雅图开始。西雅图,多风的名字,遥远的城。六年前,一个留学生的寂寞也从此开始,检阅上次回乡的岁月,发现有些往事,千里外,看得分外清晰。发现一个人,一个千瓣的心灵,很难绝对生活在此时此刻。预感带几分恐惧。回忆带几分悲伤。如是而已。如是而已。蚀肤酸骨的月光下，中秋渐近而不知中秋的西雅图啊，充军的孤城，海的弃婴。今夕，我无寐，无鼾，在浩浩乎大哉，太平洋苍老而又年轻，蓝浸四大洲的鼾声之中。小小的悲伤，小小的恩怨，小小的一夜失眠。当你想，永恒的浪潮拍着宇宙的边陲，多少光，多少清醒。

第二张浮在中秋的月色里。西雅图之后，北美洲大陆的心脏，听不见海，吹不到风。该是初秋的早寒了，犹逗留燠热的暑意，床单逆拂着微潮的汗毛。耳在枕上，床在楼上，红砖的楼房在广阔的中西部大平原上。正是上课的前夕，明晨的秋阳中，四十双碧瞳将齐射向我，如欲射穿五千年的神秘和陌生。李白发现他的句子横行成英文，他的名字随海客流行，到方丈与蓬莱之外，有什么感想？今人不见古时月，今月曾经照古人。投倒影在李白樽中的古月，此时将清光泼翻我满床。月光是史前谁的魂魄，自神话里流泻出来，流向梦的，夜的，记忆的每个角落。月光光，谁追我，从台北追到西雅图追到皮奥瑞亚。如果昨夕无寐，今夜岂有入寐的理由？月光光，照他乡……抗战前流行的一首歌，在不知名处袅袅地旋起。轻罗小扇，儿时的天井。母亲做的月饼，饼面的芝麻如星。重庆，空袭的月夜，月夜的玄武湖，南京……直到曙色用一块海绵，吸干一切。

第三张在爱荷华城。林中铺满轻脆的干橡叶，十月小阳春的夜里，一个毕业生回想六年前，另一季美丽，但不快乐的秋天。

六年前，金字塔下，许多木乃伊忽然复活，且列队行过我枕上。许多畸形的片段，七巧板似的合而复分，女巫们自万圣节中，拂其黑袖，骑其长帚，挟其邪恶的笑声，翩翩起飞。重游旧地，心情复杂而难以分析。六年前的异域，竟成六年后某种意义下某种程度上的故乡。毕竟，在此我忍过十个月（十个冰河期？）的真空，咽过难以消化的冷餐，消化过难以下咽的现代艺术。毕竟，在此我哭过，若非笑过，怨过，若非爱过。当长途汽车迤迤进站，且吐出灰狗重重的喘息，当爱荷华大学的象征，金顶的州议会旧厦森然自黑暗中升起，当旧日的老师李铸晋与安格尔，和今日的少壮作家，叶珊、王文兴、白先勇，在站前接我，一瞬间竟有重归故乡的感觉。

第四张在爱荷华城西北。那是黄用公寓中的双人床。重游母校的第三天，和叶珊、少聪并骑灰犬，去西北方百里的爱姆斯，拜访黄用和他的新娘。好久不写诗的黄用，在五年前现代诗的论战中，曾是一员骁将。公寓中的黄用，并不像寓公。伶牙俐齿，唇枪舌剑之间，黄用仍令你想起离经叛道，似欲掀起一股什么校风的自行车骑士。宾主谈到星图西倾，我才被指定与叶珊共榻。不能和戴我指环的女人同衾，我可以忍受；必须和另一男人，另一件泥塑品，共榻而眠，却太难堪了。要将四百多根雄性的骨骼，舒适地分布在不到三十平方英尺的局面，实在不是一件易事，而是一件艺术，一件较之现代诗的分行为犹难的艺术。叶珊的寐态，和他俊逸的诗风颇难发生联想。同床异梦,用之形容那一夜,是再恰当不过的了。他梦他的《水之湄》,我梦我的《莲的联想》。不,说异梦也是不公平的,因为我根本无梦,尤其耳当他鼾声的要冲。这还不是高潮。正当我卧莲欲禅之际,他忽在梦中翻过身来,将我抱住。我必须声明,我既非王尔德,他也不是魏尔伦。因此这种拥抱,可以想见的,不甚愉快。总算东方既白,像《白鲸记》中的以实玛利,我终于挣脱了这种睁眼的梦魇。

第五张历史较长,那是我在皮奥瑞亚的布莱德利大学,安定下来后的一张,我租了美以美教会牧师杜伦夫妇寓所的二楼。那是一张古色古香,饶有殖民时期风味的双人床,榻面既高,床栏亦耸,床左与床尾均有大幅玻璃窗,饰以卷云一般的洁白罗纱,俯瞰可见人家后院的花圃和车房。三五之夜,橡树和枫树投影在窗,你会感觉自己像透明的玻璃缸中,穿游于水藻间的金鱼。万圣节的前夕,不该去城里看了一场魅影幢幢的电影,叫什么 *Witchcraft* 的。夜间犹有余悸,将戏院发的辟妖牌(witch deflector)悬在床栏上,似亦不起太大作用。紧闭的室内,总有一丝冷风。恍惚间,总觉得有个黑衣女人立在楼梯口上,目光磷磷,盯在我的床上,第二天,发起烧来,病了一场。

幸好,不久布莱德利大学的讲课告一段落,我转去中密大(Central Michigan University)。

第六张床比较现代化,席梦思既厚且软。这时已经是十二月,密歇根的雪季已经开始。一夜之间,气温会直落二十度,早上常会冷醒。租的公寓在乐山(Mount Pleasant)郊外,离校区还有三英里路远。屋后一片空廓的草地,满覆白雪,不见人踪,鸟迹。公寓新而宽大,起居室的三面壁上,我挂上三个小女孩的合照,弗罗斯特的遗像,梵高的向日葵,和刘国松的水墨抽象。大幅的玻璃窗外,是皑皑的平原之外还是皑皑的平原。和芬兰一样,密歇根也是一个千泽之国,而乐山正居五大湖与众小泽之间。冰封雪锁的白夜,鱼龙的悲吟一时沉寂。为何一切都离我恁遥恁远,即使燃起全部的星斗,也抵不上一缕烛光。

有时,点起圣诞留下来的欧薄荷色的蜡炬,青荧荧的幽辉下,重读自己的旧作,竟像在墓中读谁的遗书。一个我,接着另一个我,纷纷死去。真的我,究竟在何处呢?在抗战前的江南,抗战时的嘉陵江北?在战后的石头城下,抑在六年前的西方城里?月色如幻的夜里,有时会梦游般起床,启户,打着寒战,开车滑上运河一般的超级公路。然后扭熄车首灯,扭开收音机,听钢琴敲叩多键的哀怨,或是黑女肥沃的喉间,吐满腔的悲伤,悲伤。

第七张也在密歇根湖边。那是一张帆布床,也是刘鎏为我特备的陈蕃之榻。每次去芝加哥,总是下榻城北爱凡思顿刘鎏和孙璐的公寓。他们伉俪二人,同任西北大学物理系教授。我一去,他们的书房即被我占据。刘鎏是我在西半球最熟的朋友。他可以毫无忌惮地讽刺我的诗,我也可以不假思索地取笑他的物理。身为科学家的他，偏偏爱看一点什么文艺，且喜欢发表一点议论。除了我的诗，於梨华的小说也在他射程之内。等到兴尽辞穷，呵欠连连，总是已经两三点钟。躺上这张床，总是疲极而睡。有时换换口味，也睡於梨华的床——於梨华家的床。

第八张在豪华庄。所谓豪华庄（Howard Johnsons Motor Lodge），原是美国沿超级公路遍设的一家停车旅馆，以设计玲珑别致见称。我住的豪华庄，在匹茨堡城外一山顶上，俯览可及百里，宽阔整洁的税道上，日夕疾驶着来往的车辆。我也是疾驶而来的旅客啊！车尾曳着密歇根的残雪，车首指向葛底斯堡的古战场。唯一不同的，我是在七十五英里的时速下，豪兴遄飞，朗吟太白的绝句而来的。太白之诗tempo（速度）最快，在高速的逍遥游中吟之，最为快意。开了十小时的车，倦得无力看房里的电视，或是壁上挂的费宁格尔（Lionel Feininger）的立体写意。一陷入黑甜的盆地里便酣然入梦了。梦见未来派的车轮。梦见自己是一尊噬英里的怪兽，吐长长的火舌向俄亥俄的地平。梦见不可名状不可闪避的车祸，自己被红睛的警车追逐，警笛曳着凄厉的响尾。

好——险！狼嚎神号的一声刹车，与死亡擦肩而过。自梦魇惊醒，庆幸自己还活着，且躺在第九张床上。床在楼上，楼在镇上，镇在古战场的中央。南北战争，已然是百年前的梦魇。这是和平的清晨，星期天的钟声，鼓着如鸽的白羽，自那边路德教堂的尖顶飞起，绕着这小镇打转，历久不下。林肯的巨灵，自古战场上，自魔鬼穴中，自四百尊铜炮与两千座石碑之间，该也正冉冉升起。当日林肯下了火车，骑一匹老马上山，在他的于思胡子和清癯的颧骨之间，发表了后来成为民主经典的葛底斯堡演说。那马鞍，现在还陈列在镇上的纪念馆中。百年后，林肯的侧面像，已上了一分铜币和五元钞票，但南部的黑人仍上不了选票。同国异命，尼格罗族仍卑屈地生活在爵士乐悲哀的旋律里。"一只番薯，两只番薯。""跟我一样黑。"那种悲哀，在咖啡馆的酒杯里旋转旋转，令人停杯投叉，不能卒食，令人从头盖麻到脚后跟。所谓自由、平等、博爱。从法国大革命到现在。比起他们，五陵少年的忧郁，没有那么黑。你一直埋怨自己的破鞋，直到你看到有人断了脚。

钟声仍然在敲着和平。为谁而敲，海明威，为谁而敲？想此时，新浴的旭日自大西洋底堂堂升起，纽约港上，自由的女神凌波而立，蠢几千吨的宏美和壮丽。而日落天黑的古中国啊，仍在她火炬的光芒外，陷落，陷落。想此时，江南的表妹们都已出嫁，该不曾在采莲，采菱。巴蜀的同学们早毕业了，该不曾在唱山歌，扭秧歌。母亲在黄昏的塔下，父亲在记忆的灯前。三个小女孩许已在做她们的稚梦，梦七矮人和白雪公主。想此时，夏菁在巍巍的落基山顶，黄用在爱荷华的雪原，望尧旋转而旋转，在越南政变的旋涡。蒲公英的岁月，一切都吹散得如此辽远，如此破碎的中国啊中国。

想此时，你该仰卧在另一张床上，等待第一声啼，自第四个幼婴。浸你在太平洋初春的暖流里，一只膨胀到饱和的珠母，将生命分给生命。而春天毕竟是国际的运动，在西半球，在新英格兰，从切萨皮克湾到波托马克河到萨斯奎汉纳的两岸，三月风，四月雨，土拨鼠从冻土里拨出了春季。放风筝的日子哪，鸟雀们来自南方，斗嘴一如开学的稚婴。鸟雀们来自风之上，云之上，越州过郡，不必纳税，只需抖一串颤音。不久春将发一声呐喊，光谱上所有的色彩都会喷洒而出。樱花和草莓，山茱萸和茴蓿，桃花绽时，原野便蒸起千朵红云，令梵高也看得眼花。沿桃蹊而行，五陵少年，该不曾迷路在武陵。至少至少，我要摘一朵红云寄你，说，红是我的爱情，云是我的行迹。那种炽热的思念，隔着航空信封，隔着邮票上林肯的虬髯，你也会觉得烫手。毕竟，这已是三月了，已是三月了啊。冬的白宫即将雪崩。春天的手指呵得人好痒。钟声仍在响。催人起床。人赖在第九张床上。在想，新婚的那张，在一种梦谷，一种爱情盆地。日暖。春田。玉也生烟。而钟声仍不止。人仍在，第九张床。

‖ 凡是过去,皆为序曲 ‖

望乡的牧神

　　那年的秋季特别长,一直拖到感恩节,还不落雪。事后大家都说,那年的冬季,也不像往年那么长、那么严厉。雪是下了,但不像那么深、那么频。幸好圣诞节的一场还积得够厚,否则圣诞老人就显得狼狈失措了。

　　那年的秋季,我刚刚结束了一年浪游式的讲学,告别了第三十三张席梦思,回到密歇根来定居。许多好朋友都在美国,但黄用和华苓在爱荷华,梨华远在纽约,一个长途电话能令人破产。咪咪[1]手续未备,还阻隔半个大陆加一个海加一个海关。航空邮简是一种迟缓的箭,射到对海,火早已熄了,余烬显得特别冷。

---

[1] 即指作者的妻子范我存,她的小名为"咪咪",亦以"宓宓"称呼她。——编者注

那年的秋季，显得特别长。草，在渐渐寒冷的天气里，久久不枯。空气又干，又爽，又脆。站在下风的地方，可以嗅出树叶，满林子树叶散播的死讯，以及整个中西部成熟后的体香。中西部的秋季，是一场弥月不熄的野火，从浅黄到血红到暗赭到郁沉沉的浓栗，从爱荷华一直烧到俄亥俄，夜以继日、日以继夜地维持好几十郡的灿烂。云罗张在特别洁净的蓝虚蓝无上，白得特别惹眼。谁要用剪刀去剪，一定装满好几箩筐。

那年的秋季特别长，像一段雏形的永恒。我几乎以为，站在四围的秋色里，那种圆溜溜的成熟感，会永远悬在那里，不坠下来。终于一切瓜一切果都过肥过重了，从腴沃中升起来的仍垂向腴沃。每到黄昏，太阳也垂垂落向南瓜田里，红澄澄的，一只熟得不能再熟下去的，特大号的南瓜。日子就像这样过去。晴天之后仍然是晴天，之后仍然是完整无憾饱满得不能再饱满的晴天，敲上去会敲出音乐来的稀金属的晴天。就这样微酪地饮着清醒的秋季，好怎么不好，就是太寂寞了。在西密歇根大学，开了三门课，我有足够的时间看书、写信。但更多的时间，我用来幻想，而且回忆，回忆在有一个岛上做过的有意义和无意义的事情，一直到半夜，到半夜以后。有些事情，曾经恨过的，再恨一次；曾经恋过的，再恋一次；有些无聊，甚至再无聊一次。一切都离我很久、很远。我不知道，我的寂寞应该以时间或空间为半径。就这样，我独自坐到午夜以后，看窗外的夜比《圣经·旧约》更黑，万籁俱死之中，听两颊的胡髭无赖地长着，应和着腕表巡回的秒针。

　　这样说，你就明白了。那年的秋季特别长。我不过是个客座教授，悠悠荡荡的，无挂无牵。我的生活就像一部翻译小说，情节不多，气氛很浓；也有其现实的一面，但那是异域的现实，不算数的。例如汽车保险到期了，明天要记得打电话给那家保险公司；公寓的邮差怪可亲的，圣诞节要不要送他件小礼品等。究竟只是一部翻译小说，气氛再浓，只能当作一场逼真的梦罢了。而尤其可笑的是，读来读去，连一个女主角也不见。男主角又如此地无味。这部恶汉体（picaresque）的小说，应该是没有销路的。不成其为配角的配角，倒有几位。劳悌芬便是其中的一位。在我教过的一百六十几个美国大孩子之中，劳悌芬和其他少数几位，大概会长久留在我的回忆里。一切都是巧合。有一个黑发的东方人，去到密歇根。恰巧会到那一个大学。恰巧那一年，有一个金发的美国青年，也在那大学里。恰巧金发选了黑发的课。恰巧谁也不讨厌谁。于是金发出现在那部翻译小说里。

　　那年的秋季，本来应该更长更长的。是劳悌芬，使它显得不那样长。劳悌芬，是我给金发取的中文名字。他的本名是 Stephen Cloud。一个姓云的人，应该是洒脱的。劳悌芬倒不怎么洒脱。他毋宁是有些腼腆的，不像班上其他的男孩，爱逗着女同学说笑。他也爱笑，但大半是坐在后排，大家都笑时他也参加笑，会笑得有些脸红。后来我才发现他是戴隐形眼镜的。

同时，秋季愈益深了。女学生开始穿大衣来教室。上课的时候，巴掌大的枫树落叶，会簌簌叩打大幅的玻璃窗。我仍记得，那天早晨刚落过霜，我正讲到杜甫的"秋来相顾尚飘蓬"，忽然瞥见红叶黄叶之上，联邦的星条旗扬在猎猎的风中，一种摧心折骨的无边秋感，自头盖骨一直麻到十个指尖。有三四秒钟我说不出话来。但脸上的颜色一定泄露了什么。下了课，劳悌芬走过来，问我周末有没有约会。当我的回答是否定时，他说：

"我家在农场上，此地南去四十多英里。星期天就是万圣节了。如果你有兴致，我想请你去住两三天。"

所以三天后，我就坐在他西德产的小汽车右座，向南方出发了。十月底的一个半下午，小阳春停在最美的焦距上，湿度至小，能见度至大，风景呈现最清晰的轮廓。出了卡拉马祖（Kalamazoo），密歇根南部的大平原抚得好空好阔，浩浩乎如一片陆海，偶然的农庄和丛树散布如列屿。在这样响当当的晴朗里，这样高速这样平稳地驰骋，令人幻觉是在驾驶游艇。一切都退得很远，腾出最开敞的空间，让你回旋。秋，确是奇妙的季节。每个人都幻觉自己像两万英尺高的卷云那么轻，一大张卷云卷起来称一称也不过几磅。又像空气那么透明，连忧愁也是薄薄的，用裁纸刀这么一裁就裁开了。公路，像一条有魔术的白地毡，在车头前面不断舒展，同时在车尾不断卷起。

如是卷了二十几英里，西德的小车在一面小湖旁停了下来。密歇根原是千湖之州，五大湖之间尚有无数小泽。像其他的小泽一样，面前的这个湖蓝得染人肝肺。立在湖边，对着满满的湖水，似乎有一只幻异的蓝眼瞳在施术催眠，令人意识到一种不安的美。所以说秋是难解的。秋是一种不可置信而居然延长了这么久的奇迹，总令人觉得有点不安。就像此刻，秋色四面，上面是土耳其玉的天穹，下面是普鲁士蓝的清澄，风起时，满枫林的叶子滚动香熟的灿阳，仿佛打翻了一匣子的玛瑙。莫奈和薛斯利死了，印象主义的画面永生。

这只是刹那的感觉罢了。下一刻，我发现劳悌芬在喊我。他站在一株大黑橡下面。赤褐如焦的橡叶丛底，露出一间白漆木板钉成的小屋。走进去，才发现是一爿小杂货店。陈设古朴可笑，饶有殖民时期风味。西洋杉铺成的地板，走过时轧轧有声。这种小铺子在城市里是已经绝迹了。店主是一个满脸斑点的胖妇人。劳悌芬向她买了十几根红白相间的竿竿糖，满意地和我走出店来。

橡叶萧萧，风中甚有寒意。我们赶回车上，重新上路。劳悌芬把糖袋子递过来，任我抽了两根。糖味不太甜，有点薄荷在里面，嚼起来倒也津津可口。劳悌芬解释说：

"你知道，老太婆那家小店，开了十几年了，生意不好，也不关门。读初中起，我就认得她了，也不觉得她的糖有什么好吃。后来去卡拉马祖上大学，每次回家，一定找她聊天，同时买点糖吃，让她高兴高兴。现在居然成了习惯，每到周末，就想起薄荷糖来了。"

"是蛮好吃。再给我一根。你也是,别的男孩子一到周末就约 chic 去了,你倒去看祖母。"

劳悌芬红着脸傻笑。过了一会儿,他说:

"女孩子麻烦。她们喝酒,还做好多别的事。"

"我们班上的好像都很乖。例如路丝——"

"啰,满嘴的存在主义什么的,好烦。还不如那个老婆婆坦白!"

"你不像其他的美国男孩子。"

劳悌芬耸耸肩,接着又傻笑起来。一辆货车挡在前面,他一踩油门,超了过去。把一袋糖吃光,就到了劳悌芬的家了。太阳已经偏西。夕照正当红漆的仓库,特别显得明艳映颊。劳悌芬把车停在两层的木屋前和他父亲的旅行车并列在一起。一个丰硕的妇人从屋里探头出来,大呼说:

"Steve!我晓得是你!怎么这么晚才回来!风好冷,快进来吧!"

劳悌芬把我介绍给他的父母和弟弟侯伯(Herbert)。终于大家在晚餐桌边坐定。这才发现,他的父亲不过五十岁,已然满头白发,可是白得整齐而洁净,反而为他清瘦的面容增添光辉。侯伯是一个很漂亮的伶手俐脚的小伙子。但形成晚餐桌上暖洋洋的气氛的,还是他的母亲。她是一个胸脯宽阔、眸光亲切的妇人,笑起来时,启露白而齐的齿光,映得满座粲然。她一直忙着传递

盘碟。看见我饮牛奶时狐疑的脸色,她说:

"味道有点怪,是不是?这是我们自己的母牛挤的奶,原奶,和超级市场上买到的不同。等会儿你再尝尝我们自己的榨苹果汁。"

"你们好像不喝酒。"我说。

"爸爸不要我们喝,"劳悌芬看了父亲一瞥,"我们只喝牛奶。"

"我们是清教徒,"他父亲眯着眼睛说,"不喝酒,不抽烟。从我的祖父起就是这样子。"

接着他母亲站起来,移走满桌子残肴,为大家端来一碟碟南瓜饼。

"Steve,"他母亲说,"明天晚上汤普森家的孩子们说了要来闹节的。'不招待,就作怪',余先生听说过吧?糖倒是准备了好几包。就缺一盏南瓜灯。地下室有三四只空南瓜,你等会儿去挑一只雕一雕。我要去挤牛奶了。"

等他父亲也吃罢南瓜饼,起身去牛栏里帮他母亲挤奶时,劳悌芬便到地下室去。不久,他捧了一只脸盆大小的空干南瓜来,开始雕起假面来。他在上端先开了两只菱形的眼睛,再向中部挖出一只鼻子,最后,又挖了一张新月形的阔嘴,嘴角向上。接着他把假面推到我的面前,问我像不像。相了一会儿,我说:

"嘴好像太小了。"

于是他又把嘴向两边开得更大。然后他说:

"我们把它放到外面去吧。"

我们推门出去。他把南瓜脸放在走廊的地板上,从夹克的大口袋里掏出一截白蜡烛，塞到蒂眼里，企图把它燃起。风又急又冷，一吹，就熄了。徒然试了几次，他说：

"算了，明晚再点吧。我们早点睡。明天还要去打野兔子呢。"

第二天下午，我们果然背着猎枪，去打猎了。这在我说来，是有点滑稽的。我从来没有打猎的经验。军训课上，是射过几发子弹，但距离红心不晓得有多远。劳悌芬却兴致勃勃，坚持要去。

"上个周末没有回家。再上个周末，帮爸爸驾收割机收黄豆。一直没有机会到后面的林子里去。"

劳悌芬穿了一件粗帆布的宽大夹克，长及膝盖，阔腰带一束，显得五英尺十英寸上下的身材，分外英挺。他把较旧式的一把猎枪递给我，说：

"就凑合着用一下吧。一九五八年出品，本来是我弟弟用的。"看见我犹豫的脸色，他笑笑说："放松一点。只要不向我身上打就行。很有趣的，你不妨试试看。"

我原有一肚子的话要问他。可是他已经领先向屋后的橡树林欣然出发了。我端着枪跟上去。两人绕过黄白相间的耿西牛群的牧地，走上了小木桥彼端的小土径，在犹青的乱草丛中蜿蜒而行。天气依然爽朗朗地晴。风已转弱，阳光不转瞬地凝视着平野，但空气拂在肌肤上，依然冷得人神志清醒，反应敏锐。舞了一天一夜的斑斓树叶，都悬在空际，浴在阳光金黄的好脾气中。这样美好而完整的静谧,用一发猎枪子弹给炸碎了,岂不是可惜?

"一只野兔也不见呢。"我说。

"别慌。到前面的橡树丛里去等等看。"

我们继续往前走。我努力向野草丛中搜索,企图在劳悌芬之前发现什么风吹草动;如此,我虽未必能打中什么,至少可以提醒我的同伴。这样想着,我就紧紧追上了劳悌芬。蓦地,我的猎伴举起枪来,接着耳边炸开了一声脆而短的骤响。一样毛茸茸的灰黄的物体从十几码外的黑橡树上坠了下来。

"打中了!打中了!"劳悌芬向那边奔过去。

"是什么?"我追过去。

等到我赶上他时,他正挥着枪柄在追打什么。然后我发现草坡下,劳悌芬脚边的一个橡树窟窿里,一只松鼠尚在抽搐。不到半分钟,它就完全静止了。

"死了。"劳悌芬说。

"可怜的小家伙。"我摇摇头。我一向喜欢松鼠。以前在爱荷华念书的时候,我常爱从红砖的古楼上,俯瞰这些长尾多毛的小动物,在修得平整的草地上嬉戏。我尤其爱看它们躬身而立,捧食松果的样子。劳悌芬捡起松鼠。它的右腿渗出血来,修长的尾巴垂着死亡。劳悌芬拉起一把草,把血斑拭去说:

"它掉下来,带着伤,想逃到树洞里去躲起来。这小东西好聪明。带回去给我父亲剥皮也好。"

他把死松鼠放进夹克的大口袋里,重新端起了枪。

"我们去那边的树林子里再找找看。"他指着半英里外的一片赤金和鲜黄。想起还没有庆贺猎人,我说:

"好准的枪法,刚才!根本没有看见你瞄准,怎么它就掉下来了?"

"我爱玩枪。在学校里,我还是预备军官训练队的上校呢。每年冬季,我都带侯伯去北部的半岛打鹿。这一向眼睛差了。隐形眼镜还没有戴惯。"

这才注意到劳悌芬的眸子是灰蒙蒙的,中间透出淡绿色的光泽。我们越过十二号公路。岑寂的秋色里,去芝加哥的车辆迅疾地扫过,曳着轮胎磨地的嗞嗞,和掠过你身边时的风声。一辆农场的拖拉机,滚着齿槽深凹的大轮子,施施然辗过,车尾扬着一面小红旗。劳悌芬对车上的老叟挥挥手。

"是汤普森家的丈人。"他说。

"车上插面红旗子干吗?"

"哦,是州公路局规定的。农场上的拖拉机之类,在公路上穿来穿去,开得太慢,怕普通车辆从后面撞上去。挂一面红旗,老远就看见了。"

说着,我们一脚高一脚低走进了好大一片刚收割过的田地。阡陌间歪歪斜斜地还留着一行行的残梗,零零星星的豆粒,落在干燥的土块里。劳悌芬随手折起一片豆荚,把荚剥开。淡黄的豆粒滚入了他的掌心。

"这是汤普森家的黄豆田。尝尝看,很香的。"

我接过他手中的豆子,开始尝起来。他折了更多的豆荚,一片一片地剥着。两人把嚼不碎的豆子吐出来。无意间,我哼起"高粱肥,大豆香,遍地黄金少灾殃……"

"嘿,那是什么?"劳悌芬笑起来。

"第二次世界大战时大家都唱的一首歌……那时我们都是小孩子。"说着,我的鼻子酸了起来。两人走出了大豆田,又越过一片尚未收割的玉蜀黍。劳悌芬停下来,笑得很神秘。过了一会儿,他说:

"你听听看,看能听见什么。"

我当真听了一会儿。什么也没有听见。风已经很微。偶尔,玉蜀黍的干穗谷,和邻株磨出一丝窸窣。劳悌芬的浅灰绿瞳子向我发出问询。

我茫然摇摇头。

他又阔笑起来。

"玉米田,多耳朵。有秘密,莫要说。"

我也笑起来。

"这是双关语,"他笑道,"我们英语中管玉米穗叫耳朵。好多笑话都从它编起。"

接着两人又默然了。经他一说,果然觉得玉蜀黍秆上挂满了耳朵。成千的耳朵都在倾听,但下午的遗忘覆盖了一切,什么也听不见。一枚硬壳果从树上跌下来，两人吓了一跳。劳悌芬俯身拾起来，黑褐色的硬壳已经干裂。

"是山胡桃呢。"他说。

我们继续向前走。杂树林子已经在面前。不久，我们发现自己已在树丛中了。厚厚的一层落叶铺在我们脚下。卵形而有齿边的是桦，瘦而多棱的是枫，橡叶则圆长而轮廓丰满。我们踏着千叶万叶已腐的、将腐的，干脆欲裂的秋季向更深处走去，听非常过瘾也非常伤心的枯枝在我们体重下折断的声音。我们似乎践在暴露的秋筋秋脉上。秋日下午那安静的肃杀中，似乎，有一些什么在我们里面死去。最后，我们在一截断树干边坐下来。一截合抱的黑橡树干，横在枯枝败叶层层交叠的地面，龟裂的老皮形成阴郁的图案，记录霜的齿印、雨的泪痕。黑眼眶的树洞里，覆盖着红叶和黄叶，有的仍有潮意。

两人靠着断干斜卧下来，猎枪搁在断柯的枝丫上。树影重重叠叠覆在我们上面，蔽住更上面的蓝穹。落下来的锈红蚀褐已经很多，但仍有很多的病叶，弥留在枝柯上面，犹堪支撑一座两丈多高的镶黄嵌赤的圆顶。无风的林间，不时有一片叶子飘飘荡荡地坠下。而地面，纵横的枝叶间，会传来一声不甚可解的窸窣，说不出是足拨的或是腹游的路过。

"你看，那是什么？"我转向劳悌芬。他顺着我指点的方向看去。那是几棵银桦树间一片凹下去的地面，里面的桦叶都压得很平。

"好大的坑。"我说。

"是鹿,"他说,"昨夜大概有鹿来睡过。这一带有鹿。如果你住在湖边,就会看见它们结队去喝水。"

接着他躺了下来,枕在黑皮的树干上,穿着方头皮靴的脚交叠在一起。他仰面凝视叶隙透进来的碎蓝色。如是仰视着,他的脸上覆盖着纷杳而游移的叶影,红的朦胧叠着黄的模糊。他的鼻梁投影在一边的面颊上,因为太阳已沉向西南方,被桦树的白干分割着的西南方,牵着一线金熔熔的地平。他的阔胸脯微微地起伏。

"Steve,你的家园多安静可爱。我真羡慕你。"

仰着的脸上漾开了笑容。不久,笑容静止下来。

"是很可爱啊,但不会永远如此。我可能给征到越南去。"

"那样,你去不去呢?"我说。

"如果征到我,就必须去。"

"你——怕不怕?"

"哦,还没有想过。美国的公路上,一年也要死五万人呢。我怕不怕?好多人赶着结婚。我同样地怕结婚。年纪轻轻的,就认定一个女孩,好没意思。"

"你没有女朋友吗?"我问。

"没有认真的。"

我茫然了。躺在面前的是这样的一个躯体,结实、美好、充溢的生命一直到指尖和趾尖。就是这样的一个躯体,没有爱过,也未被爱过,未被情欲燃烧过的一截空白。有一个东方人是他的朋友。冥冥中,在一个遥远的战场上,将有更多的东方人等着做他的仇敌。一个遥远的战场,那里的树和云从未听说过密歇根。

这样想着,忽然发现天色已经晚了。金黄的夕暮淹没了林外的平芜。乌鸦叫得原野加倍地空旷。有谁在附近焚烧落叶,空中漫起灰白的烟来,嗅得出一种好闻的焦味。

"我们回去吃晚饭吧。"劳悌芬说。

那年的秋季特别长,似乎,万圣节来得也特别迟。但到了万圣节,白昼已经很短了。太阳一下去,天很快就黑了,比《圣经》的封面还黑。吃过晚饭,劳悌芬问我累不累。

"不累。一点也不累。从来没有像这样好兴致。"

"我们开车去附近逛逛。"

"好啊——今晚不是万圣节前夕吗?你怕不怕?"

"怕什么?"劳悌芬笑起来,"我们可以捉两个女巫回来。"

"对!捉回来,要她们表演怎样骑扫帚!"

全家人都哄笑起来。劳悌芬和我穿上厚毛衫与夹克。推门出去,在寒战的星光下,我们钻进西德的小车。车内好冷,皮垫子冰人臀股,一切金属品都冰人肘臂。立刻,车窗上就呵了一层翳翳的雾气。车子上了十二号公路,速度骤增,成排的榆树向两侧急急闪避,白脚的树干反映着首灯的光,但榆树的巷子外,南密歇根的平原罩在一件神秘的黑巫衣里。劳悌芬开了暖气。不久,我的膝头便感到暖烘烘了。

"今晚开车要特别小心,"劳悌芬说,"有些小孩子会结队到邻近的村庄去捣蛋。小孩子边走边说笑,在公路边上,很容易发生车祸。今年,警察局在报上提醒家长,不要让孩子穿深色的衣服。"

"你小时候有没有闹过节呢?"

"怎么没有?我跟侯伯闹了好几年。"

"怎么一个捣蛋法?"

"哦,不给糖吃的话,就用烂泥糊在人家门口。或在窗子上画个鬼,或者用粉笔在汽车上涂些脏话。"

"倒是蛮有意思的。"

"现在渐渐不作兴这样了。父亲总说,他们小时候闹得比我们还凶。"

说着,车已上了跨越大税路的陆桥。桥下的车辆四巷来去地疾驶着,首灯闪动长长的光芒,向芝加哥,向陀里多。

"是印第安纳的超级税道。我家离州界只有七英里。"

"我知道。我在这条路上开过两次的。"

"今晚已经到过印第安纳了。我们回去吧。"

说着,劳悌芬把车子转进一条小支道,绕路回去。

"走这条路好些,"他说,"可以看看人家的节景。"

果然远处霎着几星灯火。驶近时,才发现是十几户人家。走廊的白漆栏杆上，皆供着点燃的南瓜灯，南瓜如面，几何形的眼鼻展览着布拉克和毕加索，说不清是恐怖还是滑稽。有的廊上，悬着骑帚巫的怪异剪纸。打扮得更怪异的孩子，正在拉人家的门铃。灯火自楼房的窗户透出来，映出洁白的窗帷。

接着劳悌芬放松了油门。路的右侧隐约显出几个矮小的人影。然后我们看出，一个是王，戴着金黄的皇冠，持着权杖，披着黑色的大氅。一个是后，戴着银色的后冕，曳着浅紫色的衣裳。后面一个武士，手执斧钺，不过四五岁的样子。我们缓缓前行，等小小的"朝廷"越过马路。不晓得为什么，武士忽然哭了起来。国王劝他不听，气得骂起来。还是好心的皇后把他牵了过去。

劳悌芬和我都笑起来。然后我们继续前进。劳悌芬哼起《出埃及》中的一首歌，低沉之中带点凄婉。我一面听，一面数路旁的南瓜灯。最后劳悌芬说：

"那一盏是我们家的南瓜灯了。"

我们把车停在铁丝网成的玉蜀黍圆仓前面。劳悌芬的母亲应铃来开门。我们进了木屋，一下子，便把夜的黑和冷和神秘全关在门外了。

"汤普森家的孩子们刚来过，"他的妈妈说，"爱弟装亚述王，简妮装贵妮薇儿，弗莱德跟在后面，什么也不像，连'不招待，就作怪'都说不清楚。"

"表演些什么？"劳悌芬笑笑说。

"简妮唱了一首歌。弗莱德什么都不会,硬给哥哥按在地上翻了一个筋斗。"

"汤姆怎么没来?"

"汤姆吗?汤姆说他已经大了,不搞这一套了。"

那年的秋季特别长,似乎可以那样一直延续下去。那一夜,我睡在劳悌芬家楼上,想到很多事情。南密歇根的原野向远方无限地伸长,伸进不可思议的黑色的遗忘里。地上,有零零落落的南瓜灯。天上,秋夜的星座在人家的屋顶上电视的天线上在光年外排列百年前千年前第一个万圣节前就是那样的阵图。我想得很多,很乱,很不连贯。高粱肥。大豆香。从越战想到韩战想到十余年的抗战。想冬天就要来了空中嗅得出雪来今年的冬天我仍将每早冷醒在单人床上。大豆香。想大豆在密歇根香着在印第安纳在俄亥俄香着的大豆在另一个大陆有没有在香着?劳悌芬是个好男孩,我从来没有过弟弟。这部翻译小说,愈写愈长愈没有情节而且男主角愈益无趣,虽然气氛还算逼真。南瓜饼是好吃的,比苹果饼好吃些。高粱肥。大豆香。大豆香后又怎么样?我实在再也吟不下去了。我的床向秋夜的星空升起,升起。大豆香的下一句是什么?

那年的秋季特别长,所以说,我一整夜都浮在一首歌上。那些尚未收割的高粱,全失眠了。这么说,你就完全明白了,不是吗?那年的秋季特别长。

第一章 尺素寸心

地图

书桌右手的第三个抽屉里,整整齐齐叠着好几十张地图,有的还很新,有的已经破损,或者字迹模糊,或者在折缝处已经磨开了口。新的,他当然喜欢,可是最痛惜的,还是那些旧的、破的、用原子笔画满了记号的。只有它们才了解,他闯过哪些城、穿过哪些镇,在异域的大平原上咽过多少州多少郡的空寂。只有它们的折缝里犹保存他长途奔驰的心境。八千里路云和月,它们曾伴他,在月下,云下。不,他对自己说,何止八千里路呢。除了自己道奇的里程计上标出来的二万八千英里之外,他还租过福特的Galaxie和雪佛兰的Impala;加起来,折合公里怕不有五万公里?五万里路的云和月,朔风和茫茫的白雾和雪,每一寸都曾与那些旧地图分担。

有一段日子，当他再度独身，那些地图就像他的太太一样，无论远行去何处，事先他都要和它们商量。譬如说，从芝加哥回葛底斯堡，究竟该走坦坦的税道，还是该省点钱，走二级、三级的公路？究竟该在克利夫兰，或是在匹兹堡休息一夜？就凭着那些地图，那些奇异的名字和符咒似的号码，他闯过费城、华盛顿、巴尔的摩；切过蒙特利奥、旧金山、洛杉矶、纽约。

回来后，这种倜傥的江湖行，这种意气自豪的浪游热，德国佬所谓的 wander lust（流浪癖）者，一下子就冷下来了。一年多，他守住这个已经够小的岛上一方小小的盆地兜圈子，兜来兜去，至北，是大直，至南，是新店。往往，一连半个月，他活动的空间，不出一条怎么说也说不上美丽的和平东路，呼吸一百二十万人呼吸过的第八流的空气，和二百四十万只鞋底踢起的灰尘。有时，从厦门街到师大，在他的幻想里，似乎比芝加哥到卡拉马祖更遥更远。日近长安远，他常常这样挖苦自己。偶尔他"文旌南下"，逸出那座无欢的灰城，去中南部的大学做一次演讲。他的演讲往往是免费的，但是灰城外，那种金黄色的晴美气候，也是免费的。回程的火车上，他相信自己年轻得多了，至少他的肺叶要比去时干净。可是一进厦门街，他的自信立刻下降。在心里，他对那狭长的巷子和那日式古屋说："现实啊现实，我又回来了。"

这里必须说明，所谓"文旌南下"，原是南部一位作家在给他的信中用的字眼。中国老派文人的板眼可真不少，好像出门一步，就有云旗委蛇之势，每次想起，他就觉得好笑，就像梁实秋，每次听人阔论诗坛文坛这个坛那个坛的，总不免暗自莞尔一样。"文旌北返"之后，他立刻又恢复了灰城之囚的心境，把自己幽禁在六个榻榻米的冷书斋里，向六百字稿纸的平面，去塑造他的立体建筑。六席的天地是狭小的，但是六百字稿纸的天地却可以无穷大。面对后者，他欣然无视于前者了。面对后者，他的感觉不能说不像创世纪的神。一张空白的纸永远是一个挑战，对于一股创造的欲望。宇宙未剖之际，浑浑茫茫，一个声音说，应该有光，于是便有了光。做一个发光体，一个光源，本身便是一种报酬，一种无上的喜悦。每天，他的眼睛必成为许多许多眼睛的焦点。从那些清澈见底，那些年轻眼睛的反光，他悟出光源的意义和重要性。仍然，他记得，年轻时他也曾寂寞而且迷失，而且如何地嗜光。现在他发现自己竟已成为光源，这种发现，使他喜悦，也使他惶然战栗。而究竟是怎样从嗜光族人变成了光源之一的，那过程，他已经记忆朦胧了。

他所置身的时代，像别的许多时代一样，是混乱而矛盾的。这是一个旧时代的结尾，也是一个新时代的开端，充满了失望，也抽长着希望，充满了残暴，也有很多温柔，如此逼近，又如此看不清楚。一度，历史本身似乎都有中断的可能。他似乎立在一个大旋涡的中心，什么都绕着他转，什么也捉不住。所有的笔似乎都在争吵，毛笔和钢笔，钢笔和粉笔。毛笔说，钢笔是舶来品；

钢笔说毛笔是土货，且已过时。又说粉笔太学院风、太贫血；但粉笔不承认钢笔的血液，因为血液岂有蓝色。于是笔战不断绝，文化界的巷战此起彼落。他也是火药的目标之一，不过在他这种时代，谁又能免于稠密的流弹呢？他自己的手里就握有毛笔、粉笔和钢笔。他相信，只要那是一支挺直的笔，一定会在历史上留下一点笔迹的，也许那是一句，也许那是整节甚至整章。至于自己本来无笔而要攘人，据人，甚至焚人之笔之徒，大概是什么标点符号也留不下来的吧。

流弹如雹的雨季，他偶尔也会坐在那里，向摊开的异国地图，回忆另一个空间的逍遥游。那是一个纯然不同的世界，纯然不同，不但因为空间的阻隔，更因为时间的脱节。从这个世界到那个世界的意义，不但是八千英里，而且是半个世纪。那里，一切的节奏比这里迅疾，一切反应比这里灵敏，那里的空气中跳动着六十年代的脉搏，自由世界的神经末梢，听觉和视觉，触觉和嗅觉，似乎都向那里集中。那里的城市，向地下探得更深，向空中升得更高，向四方八面的触须伸得更长更长。那里的人口，有几分之一经常在高速的超级国道上，载驰载驱，从大西洋到太平洋，没有一盏红灯！新大陆，新世界，新的世纪！惠特曼的梦，林肯的预言。那里的眼睛总是向前面看，向上面，向外面看。当他们向月球看时，他们看见二十一世纪，阿拉斯加和夏威夷的延长，人类最新的边疆，最远最复辽的前哨。而他那个民族已习惯于回顾：

当他们仰望明月，他们看见的是蟾，是兔，是后羿的逃妻，在李白的杯中、眼中、诗中。所以说，那是一个纯然不同的世界。他属于东方，他知道月亮浸在一个爱情典故里该有多美丽。他也去过西方，能够想象从二百英寸的巴洛马天文望远镜中，从人造卫星上窥见的那颗死星，该怎样诱惑着未来的哥伦布和郑和。

他将自己的生命划为三个时期：旧大陆、新大陆和一个岛屿。他觉得自己同样属于这三种空间，不，三种时间，正如在思想上，他同样同情钢笔、毛笔、粉笔。旧大陆是他的母亲。岛屿是他的妻。新大陆是他的情人。和情人约会是缠绵而醉人的，但是那件事注定了不会长久。在新大陆的逍遥游中，他感到对妻子的责任，对母亲深远的怀念，渐行渐重也渐深。去新大陆的行囊里，他没有像肖邦那样带一把泥土，毕竟，那泥土属于那岛屿，不属于那片古老的大陆。他带去的是一幅旧大陆的地图，中学时代，抗战期间，他用来读本国地理的一张破地图。就是那张破地图，曾经伴他自重庆回到南京，自南京而上海而厦门而香港而终于到那个岛屿。密歇根的雪夜，葛底斯堡的花季，他常常展示那张残缺的地图，像凝视亡母的旧照片。那些记忆深长的地名。长安啊。洛阳啊。赤壁啊。台儿庄啊。汉口和汉阳。楚和湘。往往，他的眸光逡巡在巴蜀，在嘉陵江上，在那里，他从一个童军变成一个高二的学生。

远从初中时代起，他就喜欢画地图了。一张印刷精致的地图，对于他，是一种智者的愉悦，一种令人清醒动人遐思的游戏。从一张眉目姣好的地图他获得的满足，不但是理性的，也是感情的，不但是知，也是美。蛛网一样的铁路，麦穗一样的山峦，雀斑一样的村落和市镇，雉堞隐隐的长城啊，叶脉历历的水系，神秘而荒凉而空廓廓的沙漠。而当他的目光循江河而下，徘徊于柔美而曲折的海岸线，复在罗列得缤缤纷纷或迤迤逦逦的群岛之间跳越为戏的时候，他更感到鸥族飞翔的快意。他爱海。哪一个少年不爱海呢？中学时代的他，围在千山之外仍是千山的四川，只能从地图上去嗅那蓝而又咸的活荒原的气息。秋日的半下午，他常常坐一方白净的冷石，俯临在一张有海的地图上面，做一种抽象的自由航行。这样鸥巡着水的世界，这样云游着鹰瞰着一巴掌大小的大地，他产生一种君临，不，神临一切的幻觉。这样的缩地术，他觉得，应该是一切敏感的心灵都嗜好的一种高级娱乐。

他临了一张又一张的地图。他画了那么多张，终于他发现，在这一方面，他所知道的和熟记的，竟已超过了地理老师。有些笨手笨脚的女同学，每每央他代绘中国全图，作为课业。他从不拒绝，像一个名作家不拒绝为读者签名一样。只是每绘一张，他必然留下一个错误，例如青海的一个湖泊给他的神力朝北推移了一百公里，或是辽宁的海岸线在大连附近凭空添上一个港湾等。无知的女同学不会发现，自是意料中事。而有知的郭老师竟然也被瞒过了，怎不令他感到九级魔鬼诡计得手后的自满？

他喜欢画中国地图，更喜欢画外国地图。国界最纷繁海岸最弯曲的欧洲,他百览不厌。多湖的芬兰,多岛的希腊,多雪多峰的瑞士,多花多牛多运河的荷兰,这些他全喜欢,但使他最沉迷的,是意大利,因为它优雅的海岸线和音乐一样的地名,因为威尼斯和罗马,恺撒和朱丽叶,那颇利,墨西拿,萨地尼亚。一有空他就端详那些地图。他的心境,是企慕、是向往、是对于一种不可名状的新经验的追求。那种向往之情是纯粹的,为向往而向往。面对用绘图仪器制成的抽象美,他想不明白,秦王何以用那样的眼光看督亢,亚历山大何以要虎视印度,独脚的海盗何以要那样打量金银岛的羊皮纸地图。

在山岳如狱的四川,他的眼神如蝶,翩翩于滨海的江南。有一天能回去就好了,他想。后来蕈状云从广岛升起,太阳旗在中国的大陆降下,他发现自己怎么已经在船上,船在白帝城下在三峡,三峡在李白的韵里。他发现自己回到了江南。他并未因此更加快乐,相反地,他开始怀念起四川来。现在,他只能向老汉骑牛的地图去追忆那个山国,和山国里,那些曾经用川语摆龙门阵甚至吵架的故人了。后来,他发现自己到了这个岛上。初来的时候,他断断没有想到,自己竟会在这多地震的岛上连续抵挡十几季的台风和梅雨。现在,看地图的时候,他的目光总是在江南逡巡。燕子矶。雨花台。武进。漕桥。宜兴。几个单纯的地名便唤醒一整个繁复的世界。他更未料到,有一天,他也会怀念这个岛屿,在另一个大陆。

"你不能真正了解中国的意义,直到有一天你已经不在中国。"从新大陆寄回来的家信中,他这样写过。在中国,你仅是七万万分之一的中国,天灾,你可以怨中国的天;人祸,你可以骂中国的人。军阀、汉奸、政客、贪官污吏、土豪劣绅,你可以一个挨一个地骂下去,直骂到你的老师、父亲、母亲。当你不在中国,你便成为全部的中国,鸦片战争以来,所有的国耻全部贴在你脸上。于是你不能再推诿,不能不站出来,站出来,而且说:"中国啊中国,你全身的痛楚就是我的痛楚,你满脸的耻辱就是我的耻辱!"第一次去新大陆,他怀念的是这个岛屿,那时他还年轻。再去时,他的怀念渐渐从岛屿转移到大陆,那古老的大陆。所有母亲的母亲,所有父亲的父亲,所有祖先啊所有祖先的大摇篮,那古老的大陆,中国所有的善和中国所有的恶,所有的美丽和所有的丑陋,全在那片土地上和土地下面,上面,是中国的稻和麦,下面,是黄花岗的白骨是岳武穆的白骨是秦桧的白骨或者竟然是黑骨。无论你愿不愿意,将来你也将加入这些。

走进地图,便不再是地图,而是山岳与河流,原野与城市。走出那河山,便仅仅留下了一张地图。当你不在那片土地,当你不再步履于其上,俯仰于其间,你只能面对一张象征性的地图,正如不能面对一张亲爱的脸时,就只能面对一帧照片了。得不到的,果真是更可爱吗?然则灵魂究竟是躯体的主人呢,还是躯体的远客?然则临图神游是一种超越,或是一种变相的逃避,灵魂的一种土遁之术？也许那真是一个不可宽宥的弱点吧？既然已经娶这个岛屿为妻，就应该努力把蜜月延长。

于是他将新大陆和旧大陆的地图重新放回右手的抽屉。太阳一落，岛上的冬暮还是会很冷很冷的。他搓搓双手，将自己的一切，躯体和灵魂和一切的回忆与希望，完全投入刚才搁下的稿中。于是那六百字的稿纸延伸开来，吞没了一切，吞没了大陆与岛屿，而与历史等长，茫茫的空间等阔。

尺素寸心

接读朋友的来信,尤其是远自海外犹带着异域风云的航空信,确是人生一大快事,如果无须回信的话。回信,是读信之乐的一大代价。久不回信,屡不回信,接信之乐必然就相对减少,以至于无,这时,友情便暂告中断了,直到有一天在赎罪的心情下,你毅然回起信来。蹉跎了这么久,接信之乐早变成欠信之苦,我便是这么一位累犯的罪人,交游千百,几乎每一位朋友都数得出我的前科。英国诗人奥登曾说,他常常搁下重要的信件不回,躲在家里看他的侦探小说。王尔德有一次对韩黎说:"我认得不少人,满怀光明的远景来到伦敦,但是几个月后就整个崩溃了,因为他们有回信的习惯。"显然王尔德认为,要过好日子,就得戒除回信的恶习。可见怕回信的人,原不止我一个。

回信，固然可畏，不回信，也绝非什么乐事。书架上经常叠着百多封未回之信，"债龄"或长或短，长的甚至在一年以上，那样的压力，也绝非一个普通的罪徒所能负担的。一叠未回的信，就像一群不散的阴魂，在我罪深孽重的心底憧憧作祟。理论上来说，这些信当然是要回的。我可以坦然向天发誓，在我清醒的时刻，我绝未存心不回人信。问题出在技术上。给我一整个夏夜的空闲，我该先回一年半前的那封信呢，还是七个月前的这封？隔了这么久，恐怕连谢罪自谴的有效期也早过了吧？在朋友的心目中，你早已沦为不值得计较的妄人。"莫名其妙！"是你在江湖上一致的评语。

其实，即使终于鼓起全部的道德勇气，坐在桌前，准备偿付信债于万一，也不是轻易能如愿的。七零八落的新简旧信，漫无规则地充塞在书架上、抽屉里，有的回过，有的未回，"只在此山中，云深不知处"，要找到你决心要回的那一封，耗费的时间和精力，往往数倍于回信本身。再想象朋友接信时的表情，不是喜出望外，而是余怒重炽，你那一点决心就整个崩溃了。你的债，永无清偿之日。不回信，绝不等于忘了朋友，正如世上绝无忘了债主的负债人。在你惶恐的深处，恶魔的尽头，隐隐约约，永远潜伏着这位朋友的怒眉和冷眼，不，你永远忘不了他。你真正忘掉的，而且忘得那么心安理得的，是那些已经得你回信的朋友。

有一次我对诗人周梦蝶大发议论，说什么"朋友寄新著，必须立刻奉覆,道谢与庆贺之余,可以一句'定当细细拜读'作结。如果拖上了一个星期或个把月,这封贺信就难写了,因为到那时候,你已经有义务把全书读完,书既读完,就不能只说些泛泛的美词"。梦蝶听了,为之绝倒。可惜这个理论,我从未付之行动,一定丧失了不少友情。倒是有一次自己的新书出版,兴冲冲地寄赠了一些朋友。其中一位过了两个月才来信致谢,并说他的太太、女儿和太太的几位同事争读那本大作,直到现在还不曾轮到他自己,足见该书的魅力如何云云。这一番话是真是假,令我存疑至今。如果他是说谎,那真是一大天才。

　　据说胡适生前,不但有求必应,连中学生求教的信也亲自答复,还要记他有名的日记,从不间断。写信,是对人周到;记日记,是对自己周到。一代大师,在著书立说之余,待人待己,竟能那么周密从容,实在令人钦佩。至于我自己,笔札一道已经招架无力,日记,就更是奢侈品了。相信前辈作家和学人之间,书翰往还,那种优游条畅的风范,应是我这一辈难以追摹的。梁实秋先生名满天下,尺牍相接,因缘自广,但是二十多年来,写信给他,没有一次不是很快就接到回信,而笔下总是那么诙谐,书法又是那么清雅,比起当面的谈笑风生,又别有一番境界。我素来怕写信,和梁先生通信也不算频。何况《雅舍小品》的作者声明过,有十一种信件不在他收藏之列,我的信,大概属于他所列的第八种吧。据我所知,和他通信最密的,该推陈之藩。陈之藩年轻时,和胡适、沈从文等现代作家书信往还，名家手迹收藏甚富，梁先生戏称他为"man of letters"，到了今天，该轮到他自己的书信被人收藏了吧。

朋友之间，以信取人，大约可以分成四派。第一派写信如拍电报，寥寥数行，草草三二十字，很有一种笔挟风雷之势。只是苦了收信人，惊疑端详所费的工夫，比起写信人纸上驰骋的时间，恐怕还要多出数倍。彭歌、刘绍铭、白先勇，可称代表。第二派写信如美女绣花，笔触纤细，字迹秀雅，极尽从容不迫之能事，至于内容，则除实用的功能之外，更兼抒情，娓娓说来，动人清听。宋淇、夏志清可称典型。尤其是夏志清，怎么大学者专描小小楷，而且永远用廉便的国际邮简？第三派则介于两者之间，行乎中庸之道，不温不火，舒疾有致，而且字大墨饱，面目十分爽朗。颜元叔、王文兴、何怀硕、杨牧、罗门，都是"样板人物"。尤其是何怀硕，总是议论纵横，而杨牧则字稀行阔，偏又爱用重磅的信纸，那种不计邮费的气魄，真足以笑傲江湖。第四派毛笔作书，满纸烟云，体在行草之间，可谓反潮流之名士，罗青属之。当然，气魄最大的应推刘国松、高信疆，他们根本不写信，只打越洋电话。

一笑人间万事

王尔德的喜剧《不可儿戏》六月底在香港大会堂一连演了十四场,场场满座,观众无不"绝倒"。我身为此剧的中文译者,除了对杨世彭的导演艺术衷心佩服之外,更触发下面的一些感想。

鲁迅说得好:悲剧是把有价值的东西毁灭给人看,喜剧则是把无价值的东西毁灭给人看。什么是无价值的东西呢?在王尔德的喜剧里,那就是人性的基本弱点,例如虚伪、虚荣、矛盾、自私等,而不是特定的阶级、政党、行业或性别。讽刺人性的喜剧似乎不如讽刺某时某地社会现象的喜剧来得写实,可是在某时某地之外,往往更为普及而耐久。王尔德那种无中生有的妙语,无所不刺的笑话,在九十年后的地球背面,仍能凭空令中国的观众放松了面肌,运动了横膈膜,而尽一夕之欢。

惹笑未必是喜剧的最终目的，但是一出不惹人笑或是笑不尽兴的喜剧却是一大失败。那样尴尬的场面真叫观众无趣，演员无兴，导演面上无光。笑，未必是对艺术最深刻的反应，但这种反应最为自然，最作不得假。要把几百个颇有见识的观众逗得失声发笑，哄堂大笑，而又笑声不断，绝非易事。台上妙语如珠，台下笑声成潮，这时你会觉得：这出戏是台下和台上合作演成的。喜剧惹笑，等于提前鼓掌，最令演员增加信心，提高士气。在这种气氛中加入笑阵的台下人，更感到人同此心、与众共欢的快意。

麦尔维尔在《白鲸记》里说："面对一切荒谬，最聪明最方便的答复，便是大笑。"孟肯在《偏见集》里也说："一声豪笑抵得过一万句推理。豪笑一声，不但更有效果，也更有智慧。"

王尔德的喜剧无中生有地创出了许多荒谬而有趣的对话，表达了许多荒谬而有趣的念头，出乎观众意料，却入于艺术趣味，反常之中竟似合道。男人有意独身，通常予人克己禁欲之感。在《不可儿戏》里，劳小姐（一位老处女）却对蔡牧师说："我的好牧师，你似乎还不明白，一个男人要是打定主意独身到底，就等于变成了永远公开的诱惑。男人应该小心一点：使脆弱的异性迷路的，正是单身汉。"说到此地，台下的观众无不失笑。

剧中人物杰克与亚吉能是一对难兄难弟的好朋友。杰克受挫于亚吉能的姨妈，气得大骂她是母夜叉，结论是："她做了妖怪，又不留在神话里，实在太不公平……对不起，阿吉，也许我不该这么当面说你的姨妈。"亚吉能答道:"老兄,我最爱听人家骂我的亲戚了。只有靠这样,我才能忍受他们。"台下观众又是哄堂大笑。

最荒谬的妙语则出于"妖怪"巴夫人之口。她盘问未来的女婿杰克:"你双亲都健在吧?"杰克说:"我已经失去了双亲。"巴夫人说:"失去了父亲或母亲,华先生,还可以说是不幸;双亲都失去了,就未免太大意了。"对此,观众报以最响的笑声。

台下的笑声,谁也不能控制,甚至不能逆料。有些地方导演和我都觉得好笑,台下却放过不笑。杰克对巴夫人控诉亚吉能招摇撞骗,巴夫人听完诉辞之后惊答:"做人不诚实!我的外甥亚吉能?绝对不可能!他是牛津毕业的。"最后一句当然可笑,却未激起台下的波纹。

妙语连珠而来,笑声迭浪而起,其间也有美中不足,令高明的导演与演员束手无策。在《不可儿戏》的第二幕,亚吉能看到西西丽在记日记,问她能不能让他看看内容,西西丽说:"哦,不可以。你知道,里面记录的不过是一个很年轻的女孩子私下的感想和印象,所以呢,是准备出版的。等到印成书的时候,希望你也邮购一本。"台下人听到"是准备出版的"时,因为逻辑逆转,悖乎常理,而且颠倒得十分有趣,不禁哄堂大笑。但是下一句也非常可笑,却在上一句引爆的笑声中给淹没了。演员又不能在台上僵住,等笑声退潮,再说下去。

《不可儿戏》在香港演出,纯用粤语。我真希望台湾有剧团能用中文来演。中文译本在台湾出版两年了,竟未引起若何反应,令译者相当失望。

‖ 凡是过去，皆为序曲 ‖

万里长城

那天下午，心情本来平平静静，既不快乐，也不不快乐。后来收到元月三日的《时代》周刊，翻着翻着，忽然瞥见一张方方的图片，显示季辛吉[1]和一票美国人站在万里长城上。像是给谁当胸猛捶了一拳，他定睛再看一遍。是长城。雉堞俨然，朴拙而宏美，那古老的建筑物雄踞在万山脊上，蟠蟠蜿蜿，一直到天边。是长城，未随古代飞走的一条龙。而季辛吉，新战国策的一个洋策士，竟然大模大样地站在龙背上，而且亵渎地笑着。

"我 × 他娘！"一拳头打在桌上。烟灰缸吓了一大跳："什么东西，站在我的长城上！"

---

[1] 季辛吉，即有美国外交教父之称的前国务卿基辛格（Henry Alfred Kissinger）。——编者注

四个小女孩吃惊地望着他。爸爸出口这么粗鄙,还当着她们的面,这是第一次。

"爸爸。"最小的季珊不安地喊他。

没有解释。他拿起杂志,在余怒之中,又看了一遍。

"是长城。"他喃喃说。然后他忽然推椅而起,一口气冲上楼去。

在书桌前闷坐了至少有半个钟头,盛怒渐渐压下来,积成坚实沉重的悲壮。对区区一张照片,反应那样地剧烈,他自己也感到很惊讶。万里长城又不是他的,至少,不是他一个人的。他是一个典型的南方人,生在江南,柔橹声中多水多桥的江南。他的脚底从未踏过江北的泥土,更别说见过长城。可是感觉里,长城是他的。因为长城属于北方北方属于中国中国属于他正如他属于中国。几万万人只有这么一个母亲,可是对于每一个孩子她都是百分之百的母亲而不是几万万分之一。中国,他只到过九省,可是美国,他的脚底和车轮踏过二十八州。可是感觉里,密歇根的雪犹他的沙漠加州的海都那么遥远,陌生,而长城那么近。他生下来就属于长城,可是远在他出生之前长城就归他所有。从公元以前起长城就属于他祖先。天经地义,他继承了万里长城,每一面墙每一块砖。

继承了,可是一直还没有看见。几十年来,一直想抚摩想跪拜的这一座遗产,忽然为一双陌生而鲁莽的脚捷足先登。这乃是大不敬！长城是神圣的，不容侵犯！长城是中国人长达万里的一面哭墙，仅有一面墙的一座巨庙。伏尔泰竟然说它是一面纪念碑，竖向恐怖，令他非常不快。也许，长城是每个中国人的脊椎，不容他人歪曲。看到季辛吉站在那上面，他的愤怒里有妒恨，也有羞辱。

"竟敢吊儿郎当站在我的长城上！这乃是大不敬！"立刻他有一股冲动，要写封信去慰问长城。他果然拿出信纸来。

"长城公公：看到洋策士某某贸然登上……"他开始写下去。从蒙恬说到单于和李广说到吴三桂和太阳旗一直说到季辛吉的美制皮鞋，他振笔疾书，一口气写了两张信笺。最后的署名是"一个中国人"。

一个中国人？究竟是谁呢？似乎有标明的必要吧。他停笔思索了一会儿。"有了，"从抽屉里他拿出自己的一张照片，翻过面来，注道，"这就是我。你问大陆就知道的。"然后他把信纸叠好，把照片夹在里面，一起装进信封里。

"该贴多少邮票呢？"他迟疑起来，"这倒是一个问题。"

他想和太太商量一下。太太不在房里。一回头，太太的梳妆镜叫住了他。镜中出现一个中年人，两个大陆的月色和一个岛上的云在他眼中，霜已经下下来，在耳边。"你问大陆就知道的。"大陆会认得这个人吗？二十年前告别大陆的，是一个黑发青睐的少年啊。

愈想愈不妥当。最后他回到书房里,满心烦躁地把信撕个粉碎。那张照片分成了八块。他重新坐下,找出一张明信片。匆匆写好,就走下楼去,披上雨衣,出门去了。

"请问,这张明信片该贴多少邮票?"

那位女职员接过信去,匆匆一瞥,又皱皱眉,然后忍住笑说:

"这怎么行?地名都没有。"

"那不是地名吗?"他指指正面。

"万里长城?就这四个大字?"她的眉毛扬得更高了。

"就是这地址。"

"告诉你,不行!连区号都没有一个,怎么投递呢?何况,根本没有这个地名。"

其他的女职员全围过来窥看。大家似笑非笑地打量着他。其中的一位忍不住念起来。

"'万里长城:我爱你'。哎呀,这算写的什么信嘛!笑死……这种情书我还是第一次看见。王家香,我问你,万里长城在哪里?"

王家香摇摇头,捂着嘴笑。

"一封信,只有七个字。"另一位小姐说,"恐怕是世界上最短的信了吧?"

"才不!"他吼起来,"这是世界上最长的信。可惜你们不懂!"

"这个人好凶。"围在他身后的寄信人之一忍不住说。

他从人丛中夺门逃出来,把众多的笑声留在邮局里。

"你们不懂!"他回过身去,挥拳一吼。

冒雨赶到电信局,已经快要黄昏了。

那里的职员也没有听说过什么万里长城。

"对不起,先生,"一个青年发报员困惑地说,"这种电报我们不能发。我们只能发给一个人或者一个团体,不能发给一个空空洞洞的地名。先生,你能够把收方写得确定些吗?"

"不能。万里长城就是万里长城,不是任一扇雉堞任一块砖。"

"好吧,"那职员耐住性子说,"就为你找找看。"

说着,他把一本奇厚无比的地址簿搬到柜台上来。密密麻麻的洋文地名,从A一直翻到Z,那青年发报员眼睛都看花了。

"真对不起,先生。没有这个地名啊。如果是巴黎、纽约、东京,甚至南极洲的观测站,我们都可以为你拍了去。可是……"

"万里长城,万里长城你都不知道?"

"真对不起,从来没有听说过。先生,你真的没有弄错吗?"

他气得话都说不出来。一把抓过电报稿子,回头就走。

"真是怪人。"青年发报员摇摇头。

街上还在下雨。他的雨衣,他的雨衣呢?这才想起,激动中,竟已掉在邮局里了。"管它去!"在冷冷的雨中他梦游一般步行回家去，他的心境需要在雨中独行，他需要那一股冷和那一片潮湿。自虐也是一种过瘾。其实他不是独行。他走过陆桥。他越过铁路。他在周末的人潮中挤过。前后左右，都是年底大减价的广告，向汹涌的人潮和市声兜售大都市七十年代廉价的繁荣。可是感觉里，他仍是在独行。人潮海啸而来，冲向这个公司那个餐厅冲向车站和十字路口，只有他一个人逆潮而涌，涌向万里长城。万里长城。好怪的名字。这大都市里没有一个人听说过。如果他停下来问警察，问万里长城该怎么走，说不定会给警察拘捕。说不定明天的晚报……

顿然，他变成了一个幽灵，来自另一个世界的孤魂野鬼。没有人看见他。他也看不见汽车和行人。真的。他什么也看不见了，行人，汽车，广告，门牌，灯。市声全部哑去。他站在十字路口，居然没有撞到任何东西！他一个人，站在一整座空城的中央。

"万里长城万里长，"黑黝黝的巷底隐隐传来熟悉的歌声，"长城外面是……"

那声音低抑而且凄楚，分不清是从巷子底还是从岁月的彼端传来，竟似诡异难认的电子音乐，崇着迷幻的空间。他谛听了一会儿，脸颊像浸在薄薄的酸液里那样噬痛。直到那歌声绕过迷宫似的斜巷和曲巷，终于消失在莫名的远方。

于是市场一下子又把他拍醒。一下子全回来了，行人，汽车，广告，门牌，灯。

终于回到家里。家人都睡了。来不及换下湿衣,他回到书房里。地板上纷陈着撕碎了的信。桌上,犹摊开着杂志。他谛视那幅图片,迷幻一般,久久不动。不知不觉,他把焦点推得至深至远。雉堞俨然,朴拙而宏美,那古老的建筑物雄踞在万山脊上,蟠蟠蜿蜒,一直到天边。未随古代飞走的一条龙啊万里长城万里长。雨声停了。城市不复存在。时间停了。他茫然伸出手去,摸到的,怎么,不是他书房的粉壁,是肌理斑驳风侵雨蚀秦月汉关屹然不倒的古墙。他愕然缩回手来。那坚实厚重的触觉仍留在他掌心。

而令他更惊讶的是,季辛吉不见了,那一票美国人怎么全不见了?长城上更无人影。真的是全不见了。正如从古到今,人来人往,马嘶马蹶,月缺月圆,万里长城长在那里。李陵出去,苏武回来,孟姜女哭,季辛吉笑,万里长城长在那里。

茱萸之谜

茱萸在中国诗中的地位,是十分特殊的。屈原在《离骚》里曾说:"椒专佞以慢慆兮,樧又欲充夫佩帏。"显然认为樧是不配盛于香囊佩于君子之身的一种恶草。樧,就是茱萸。千年之后,到了唐人的笔下,茱萸的形象已经大变。王维的"遥知兄弟登高处,遍插茱萸少一人",杜甫的"明年此会知谁健?醉把茱萸仔细看",都是吟咏重阳的名句。屈原厌憎的恶草,变成了唐人亲近的美饰,其间的过程,是值得追究一下的。

重九,是中国民俗里很富有诗意的一个节日,诸如登高、落帽、菊花、茱萸等,都是惯于入诗的形象。登高的传统,一般都认为是本于《续齐谐记》所载的这么一段:"汝南桓景随费长房游学累年。长房谓曰:'九月九日,汝家中当有灾。宜急去,令家人各作绛囊，盛茱萸以系臂，登高饮菊花酒，此祸可除。'景如言，齐家登山。夕还，见鸡犬牛羊一时暴死。长房闻之曰：'此可代也。'今世人九日登高饮酒，妇人带茱萸囊，盖始于此。"

重九的吟诗传统，大概是晋宋之间形成的。二谢戏马台登高赋诗、孟嘉落帽、陶潜咏菊，都是那时传下来的雅事。唯独茱萸一事似乎是例外。《续齐谐记》的作者是梁朝人吴均，而桓景和费长房相传是东汉时人。根据《续齐谐记》的说法，登高、饮菊花酒、戴茱萸囊，这些习俗到梁时已颇盛行，但其起源则在东汉。可是《西京杂记》中贾佩兰一段，却说汉高祖宫人"九月九日佩茱萸，食蓬饵，饮菊华酒，令人长寿"。此说假如可信，则重九的习俗更应从东汉上推以至汉初了。但无论我们相信《西京杂记》或是《续齐谐记》，最初佩戴茱萸的，似乎只是女人。不但如此，南北朝的诗中，也绝少出现咏茱萸之作。

到了唐朝，情形便改观了。茱萸不但成为男人的美饰，更为诗人所乐道。当时的女人仍佩此花，但似乎渐以酒姬为主，称为茱萸女，张谔诗中便曾见咏。王维所谓"遍插茱萸"，说明男子佩花之盛。杜甫所谓"醉把茱萸"，可能是指茱萸酒。重九二花，菊与茱萸，菊花当然更出风头，因为它和陶渊明缘结不解，而茱萸，在屈原一斥之后，却没有诗人特别来捧场。虽然如此，茱萸在唐诗里面仍然是很受注意的重阳景物。《杜甫全集》里，咏重九的十四首诗中便三次提到茱萸。李白的诗句"九日茱萸熟，插鬓伤早白"说明此树的红实熟于重九,可以插在鬓边。佩戴茱萸的方式,可谓不一而足,或如赵彦伯所谓"簪挂丹萸蕊",或如陆景初所谓"萸房插缙绅"。至于李峤的"萸房陈宝席"和杜甫的"缀席茱萸好",则是陈花于席,而李乂的"捧箧萸香遍"该是分传花房或赤果。储光羲的"九日茱萸飨六军",恐怕是指茱萸酒,而不是指花。

我想佩缀茱萸之风大盛于唐,大概是宫廷倡导所致。当时每逢重阳佳节,皇帝常常率领一班文臣登高赋诗,同时把一枝枝的茱萸分群臣佩饰,算是辟邪消灾,应付桓景的故事。翻开《全唐诗》,多的是"九月九日幸临渭亭登高应制"或者"九月九日登慈恩寺浮图应制"一类的诗题。这一类的诗,无非"菊彩扬尧日,萸香绕舜风""宠极萸房遍,恩深菊酎馀"的颂词,绝少文学价值。一般说来,应制诗常提到此花,反之则少提及,可见宫廷行重九之令,一定备有此花。杜甫《九日五首》中"茱萸赐朝士,难得一枝来"一句,指的正是这件事。到了陆游的诗句"但忆社醅挼菊蕊,敢希朝士赐萸枝",恐怕只是偷杜甫之句,不是写实了。

只要看唐代"茱萸赐朝士"之盛,便可以想见汉代宫人佩花之说或非虚构。汉高祖时不可能流行桓景故事,而《西京杂记》中所言重九种种也并无登高之说。原来茱萸辟邪除害,并非纯由传说,乃有医学根据。我们统称为"茱萸"的植物,其实更分为三类:山茱萸属山茱萸科,吴茱萸和食茱萸则属芸香料,功能杀虫消毒、逐寒祛风。李时珍在《本草纲目》里说,井边种植此树,叶落井中，人饮其水，得免瘟疫。至于说什么"悬其子于屋，辟鬼魅"，自然是迷信，大概是取其味辛性烈之意，正如西洋人迷信大蒜可以驱魔吧。郭震所谓"辟恶茱萸囊，延年菊花酒"，正是此意。除此之外，吴茱萸还可以"起阳健脾"，山茱萸更能"安五脏，通九窍……补肾气，兴阳道，坚阴茎，添精髓"。不知这些功用和此物大盛于唐有没有关系？据说茱萸之为物，不但花、茎、叶、实均可入药，还可制酒。白居易所谓"浅酌茱萸杯"，恐怕正是这种补酒。

食茱萸的别名，有榄、藙、越椒等多种。古人以椒、榄、姜为"三香"，到了明朝，榄已罕用，现代人则只用椒与姜，不知茱萸为何物了。但在《礼记》里，三牲即已用茱萸来调味去腥。《吴越春秋》更说："越以甘蜜丸榄报吴赠封之礼。"可见早在屈原之前，茱萸已成国际间相赠的礼品了。然则众人之所贵，何以独独见鄙于屈原呢？可能茱萸味特辛辣，"蜇口惨腹"，不合屈原口味，甚至引起过敏之症，也未可知。曹植诗句"茱萸自有芳，不若桂与兰"，也许正说中了此意。

黑灵魂

一片畸形的黑影压在我的心上,虽然这是正午。我和艾弟坐在人家石阶边沿的黑漆铁栏杆上,不快乐地默视着小巷的风景。这里应该算是巴尔的摩的贫民区。黑人的孩子们在烟熏的古红砖屋的后门口,跳舞、踩滑车,而且大声吵架。地下室的木板门,防空洞似的,斜向街面开着。突目、厚唇,毫无腰身的黑妇们,沿着斜落的石级,累赘地出入其间,且不时鸦鸣一般嘎声呵止她们的顽童。一个佝偻的黑叟,蹒蹒跚跚,自巷尾徐徐踱来,被破呢帽檐遮了一大半的阔鼻下,一张瘪嘴喃喃地诉说着什么。那种尼格罗式的英文,子音迟钝,母音含糊,磨锐你全部的听觉神经,也割不清。

"嗨,他们到底什么时候来开门?"

"你说什么?"

"我问你,看屋子的人什么时候才来开门?"

"看屋子的人……"破帽檐下的乱髭抖动着。"开谁的门嘛?"

"开爱伦·坡这间破屋子的门嘛!"

"爱伦·坡?谁是爱伦·坡?从来没有……"

一个彪形的中年汉子停下步来,恶狠狠地瞪着我们。我向他解释,我们是特地赶来参观爱伦·坡故宅的,开放的时间已到,门上铁锁依然拒人。

"我也不清楚,"黑彪皱起浓眉。他指指对街另一个黑人,"你们问他好了。"

"哦,你们要看坡屋吗?"一个满脸黑油满身污渍的工人,从一辆福特旧车下面钻了出来。"这家伙说不定的。有时候来,有时候不来。要是三点还不来,大概就不来了。"

我和艾弟再度走向坡屋。三级木梯上面,白漆的木门上悬着一面长方形的牌子,上书"艾米替街二○三号,爱伦·坡之屋。参观时间:每星期三,星期六,下午一至四时"。门首右侧上端,钉了一块铜牌,浮刻着"爱伦·坡昔日居此"的字样。和这条艾米替街两旁的黑人住宅一样,二○三号也是一幢两层的红砖楼房。十九世纪中叶典型的低级住宅,门面狭窄,玻璃窗外另装两扇百叶木扉,地下室的小门开向街上,斜落的屋顶上,另开一面阁楼的小窗。我和艾弟绕到屋后,隔着铁栅窥看了半天,除了湫隘局促的小天井外，什么也看不见。

　　来巴尔的摩，这已是第四次了。第二次和王文兴来，冒着豪雨。第三次，做客高捷女子学院昆教授（Prof. Olive W. Quinn of Goucher College）之家。那是星期天的上午，一半的巴尔的摩在教堂里，另一半，在席梦思上。正是樱花当令的季节，樱花盛放如十里锦绣，泣樱（weeping cherry）在霏微的春雨中垂着粉红的羞赧，木兰夹在其间，白瓣上走着红纹。人家的芳草地上，郁金香孤注一掷地红着，猩红的花萼如一滴滴凝固的血。我们开车慢慢地滑行，沿宽宽的查理大街南下，转入萨拉托加，折进这条艾米替街。因为下雨，我们仅在车中，隔着雨水纵横的玻璃一瞥这座古楼。之后我们又停车在港口，蒸腾氤氲的雨气中，看十八世纪末遗下的白漆楼船"星座号"。那是一个应该收进诗集的雨晨，虽然迄今无诗为证。

　　第四次，这一次重来巴城，是应高捷女子学院之邀，来讲中国古典诗的。演讲在晚上八时，我有一整个下午可以在巴城的红尘里访爱伦·坡的黑灵，遂邀昆教授的公子艾弟（Eddie）俱行。两个坡迷，从下午一点等到三点一刻，坡宅的守屋人仍未出现。我要亲自进入坡宅，因为自一八三二年至一八三五年，坡在此中住了三年多。事实上，这是坡的姨妈孀妇克莱姆夫人（Mrs. Maria Clemm）的寓所，坡只是寄居在此。也就是在这条街上，坡和他的小表妹，患肺病的维克妮亚（Vriginia）开始恋爱。一八三五年

057

夏末，坡南下里士满去做编辑，维克妮亚和她妈妈克莱姆夫人跟了去。第二年五月十六日，他们就在里士满结婚。这是坡早期作品和恋爱的地方，这四面红砖之中。我想进去，看壁炉上端坡的油画像，看四栏垂帷的高架古床，和他驰骋 Gothic 幻想的阁楼。可能的话，我甚至准备用十元美金贿赂阍者，让我今夜演讲后回来，在坡的床上勇敢地一宿。不入鬼宅，焉得鬼诗？我很想尝试一下，和这个黑灵魂，这个恐怖王子这个忧郁天使共榻的滋味。即使在那施巫的时辰，从冷汗涔涔的恶魔中惊觉，盲睛的黑猫压在我胸腔，邪恶的大鸦栖在窗棂，整个炼狱的火在它的瞳中。即使次晨，有人发现我被谋杀在坡的床上，僵直的手中犹紧握坡的《红死》，那也不是最坏的结局……

"都快三点半了，"艾弟说，"那家伙还不来。我们走吧。"

"走，找坡的墓去。"

五月的巴尔的摩，梅荪·狄克生线以南的太阳已经很烈了。正是巴城新闻业罢工的期间。《太阳报》罢工，太阳自己却未罢工。辐射热熔化着马路上的柏油。鸟雀无声。市廛的嚣骚含混而沉闷。黑人歌者的男低音令人心烦。红灯亮时，被阻的车队首尾相衔，引擎卜卜呼应，如一群耸背腹语的猫。沿格林大街北上，走到法耶横街的转角，我们停了下来。地图上说，坡墓应该在此。从不到五英尺的红砖围墙外望进去，是一片不到半英亩的长方形的墓地，零乱地竖着白石的墓碑，一座双层的教堂自彼端升起，狭长而密的排窗，挺秀而瘦的钟楼，俯视着死亡的领域。忽然，艾弟喊我：

"余先生，我找到了！"

顺着艾弟的呼声跑去，我转过墓园的西北角。黑漆的铁栅上，挂着一面铜牌，上刻"爱伦·坡之墓"，下刻"西敏寺长老会教堂"。推开未上锁的铁门，我和艾弟跨了进去，坡的墓赫然就在墙角。说是"赫然"，是因为我的心灵骤受一震；对于无心找寻的路人，它实在不是一座显赫的建筑。大理石的墓碑，不过高达一人，碑下石基只三英尺见方。碑呈四面，正面朝东，上端的图案，刻桂叶与竖琴，如一般传统的文艺象征。中部浮雕青铜的诗人半身像，大小与真人相当。这是一面力贯顽铜的浮雕，大致根据柯尔纳（Thomas C. Corner）画像制成。分披在两侧的鬓发，露出应该算是宽阔的前额，郁然而密的眉毛紧压在眼眶的悬崖上，崖下的深穴中，痛苦、敏感、患得患失的黑色灵魂，自地狱最深处向外探射，但森寒而逼人的目光，越过下午的斜阳，落入空无。这种幻异的目光，像他作品中的景色一样，有光无热，来自一个死去的卫星，是月光，是冰银杏中滴进的酸醋。尖端下伸的鼻底，短人中上的法国短髭覆盖着上唇。那表情，介于喜剧与悲剧，嘲谑与恫吓，自怜与自大之间。青铜的鼻梁与鼻尖，因百年来坡迷的不断爱抚而灿然，一若镀金。不自觉地，我也伸手去抚摸了一刻。青铜在五月的烈日下，传来一股暖意。我的心打了一个寒战，鸡皮疙瘩，一波波，溯我的前臂和面颊而上。忽然，巴尔的摩的市声向四周退潮，太阳发黑，我站在十九世纪，不，黝黯无光的虚无里，面对一双深陷而可疑的眼睛，黑灵魂鬼哭狼嚎，迷路的天使们绝望地盲目飞撞，有疯狂的笑声自渊底螺旋升起。我的心痛苦而麻痹……

"你看后面——"渊面的对岸，传来我同伴的声音。我撼了自己一下，回到巴尔的摩。绕到碑的背面，读上面镌刻的生卒日期，"一八〇九年一月二十日—— 一八四九年十月七日"。才如江海命如丝。这里，一抔荒土下，葬着新大陆最不快乐的灵魂，葬着侦探故事的鼻祖，浪漫到象征的桥梁，德意志的战栗，法兰西的清晰，葬着地狱的瘟疫，天才的病，生前的痛苦，死后的萧条，葬着最纯粹的恐惧，最残忍的美。百年后，灵散形殁，他已变成春天的草，草下的尸蛆。然而那敏感的、精致的灵魂泯灭在何处？他并未泯灭。只是，曾经是凝聚的，现在分散了，曾经作用在一具肉体的，现在作用在无数的肉体。当你昼思夜梦，当你狐疑不安，当你经验最纯粹的恐怖，你便是坡的化身。真正强烈地感受过的经验，永远永远不会泯灭。

坡死于一八四九年。最初，他的遗骸葬在祖父大卫·坡（David Poe）墓旁，虽然也在西敏寺教堂的坟场，但不见于格林街和法耶街的交角。三十六年后，才移葬到西北角，即今日石碑所在。同时，坡的夫人和岳母，也一并移骸埋此。坡是死在巴尔的摩的，但是他的死因迄今仍是一个谜。据说,一八四九年九月二十七日那天,坡自里士满乘汽船北上巴尔的摩,但最终的目的地是费城。当时他声名渐起,生活也稍宽裕。他终于抵达费城没有,我们无法确定,但是百年来的学者们都以为,在这段时期,坡曾拜访费城的几位朋友,而且不断饮酒。果真如此,则十月二日或三日左右,诗人必已重回巴尔的摩,因为我们确知一件事实,即是坡以半昏迷的状态出现于东龙巴街(East Lombard Street,在今巴城东南部,靠近港口)一家低级酒肆中所设的投票所外。发现他的是一个叫华尔克(Walker)的印刷工人。后之学者乃有一说,说诗人是给人在酒中下了蒙药,软禁起来,然后被打手们挟持着,在许多投票所之间反复投票。当日政党竞选剧烈,据说这种卑劣的手段甚为流行。可恨一代天才,竟充了增加几张烂票的无聊工具。华尔克立刻招来坡在巴尔的摩的一位朋友,叫史纳德格拉斯大夫(Dr. J. E. Snodgrass)的,将昏厥中的诗人送去华盛顿学院医院急救。十月七日,一个星期天的早晨,坡即在那家医院逝世。临终那几天,他始终未能清醒过来,解释自己何以昏迷在酒肆之中。

当晚八时,在高捷女子学院的学生中心,我的演说这样开始:"今天是值得纪念的,不但因为我竟有此殊荣,能来这里为各位介绍中国的古典诗,更因为今天下午,我在巴尔的摩城南瞻仰了你们的大作家,埃德加·爱伦·坡的故居,墓地,和普赖德图书馆中的坡室。坡的诗观和中国古典诗观遥遥呼应。他主张诗贵精练，不以篇幅取胜，所以长诗非诗。此说当为中国绝句的诗人们欣然接受。如果坡，带了他那卷薄薄的诗集，跨一匹瘦瘦的小毛驴，出现在八世纪的长安市上，由于不懂天可汗帝都的交通规则，他将撞到，请放心，不是为政党暴力竞选的恶棍，而是市长韩愈博士的轿舆。韩愈会邀请他同舆回府，把他介绍给长安的青年诗人们。必然必然，他会遇见李贺，一谈之下，狐仙山魅，固同好也。于是长安市民，五陵少年，将会见两人共乘蹇驴。坡的诗句，也会投入小奚奴的古锦囊中。迟早，他会因酗酒被李贺的妈妈赶出大门。最后，长安的市民将看到他和贾岛，在破庙的廊下，比赛捉虱子。我真高兴，今天下午找到了坡的墓碑。我摸了他的鼻子。将来回到中国，我可以为中国的诗人们形容今日之游，而且也摸摸他们的鼻子，让他们传染一点才气……我真宁愿此刻自己不是在这讲台上，而是在坡的墓地，在月光下。今晚有很美的月光，不是吗？看到坡，你就会联想李贺的名句：'秋坟鬼唱鲍家诗。'And amidst yon autumn graves ghosts are chanting Pao's poetry（鬼魂在你的秋坟里吟诵着鲍的诗）。坡与鲍，Poe 与 Pao，只是一字母之差吧……"

那夜演讲后，从巴城开车回来，月色奇幻得如此有意，又如此不可置信。已然是五月中旬了，太阳一落，气温仍会降低二十度。一上了围城的六道宽路，所谓 Beltway（环城快道）者，所有的车辆都变成噬英里的野豹，疾驰起来。时速针颤颤地指向七十。

迅趋冰凉的夜气,湍湍灌进车来。旋上左侧的玻璃窗,打了一个喷嚏。绿底白字的路牌,纷纷扑向车尾。风景在两侧潺潺泻过。巴城渐渐抛在后面。唯有浑圆的月一路追了上来,在左后侧的窗外滚着清芒,牵动已经下垂的夜的面纱,和纱上疏疏朗朗的星子。此刻,八荒之外,六合之中,唯有这一个圆形主宰着一切。其他的形象皆暧昧难分,而且一瞬即逝,如生命的万态。夜凉在窗外唱太阳的挽歌。画,夜,两个截然不同的世界。太阳与太阴是两个朝代。太阴推翻了太阳下面的一切,她的领域伸向过去,伸过历史,伸过青铜,伸过石器,伸向燧人氏火光不及的盲目和混沌。

我的小道奇向前平稳而急骤地航行,挺直的超级公路向前延伸,如一道牛奶的运河。月光的透明雨下着无声,无形的塑胶。而运河始终满而不溢,而疾转的轮胎始终溅不起月光的浪花。青莹莹,白悠悠,太阴氏的谜面下,一切死去的,逝去的,失去的,都在那边的转弯处,在你的背后你的肘边复活。只要你回头,历史和神话和传说和一切荒诞不经就在你背后显形。

不知道坡坟上的夜色何其?月光下,那雕像的眼睛必已睁开了,而且窥见我们窥不见的一切,听命于太阴氏的暗号的一切,望远镜、显微镜、潜水镜窥不见的一切。当我也到那边境,当我也死去、逝去、失去,当我告别这五英尺三英寸告别这一百一十五磅,我将看见什么,我将听见什么,当我再也听不见太阳的男高音,春天的芳草,夏天池塘的蛙鸣?忽有一股风来自颈背,来自死月穴的洞底，且吹向灵魂的每一道迭缝。车窗四面紧闭如故。然则风从何来，风从何来？风乎风乎，汝从何而来？停车路堤之上，跨出前座，拧亮车顶的小圆灯，向后座搜索了一阵。发觉并无任何可疑的痕迹，这才回到驾驶座上，发动引擎，拉下联动机柄，继续前驶。我虽崇拜坡，并无让他 hitchhike（搭便车），让他搭便车去葛底斯堡之意。不，我毫无此意，绝无此意。我可向冥王星发誓，我不欢迎坡跟我回古战场，古战场上，那座三层七瓴的古屋。梁实秋一再警告我，不要在美国开车。"诗人怎么可以开车！"我仍记得他当时的表情，似乎已经目睹一场日食星陨的车祸。我的心打了一个寒战。我是迷信的，比拜伦加上坡加上叶慈还要迷信。如果我确信，这车上只有一个，仅仅是一个诗人，而不是两个，则我可以安然抵达葛底斯堡。但是万一真有两个。万一。万一。万一。子魂魄兮为鬼雄。今夕何夕。后有黑灵。前有国殇。古战场已有鬼满之患。而夜色苍老。而月光诡诈。今夕，今夕是何夕？

● ○ 第一章 尺素寸心

塔

　　一放暑假，一千八百个男孩和女孩，像一蓬金发妙鬟的蒲公英，一吹，就散了。于是这座黝青色的四层铁塔，完全属他一人所有。永远，它矗立在此，等待他每天一度的临幸，等待他攀登绝顶，阅读这不能算小的王国。日落时分，他立在塔顶，端端在寂天寞地的圆心。一时暮色匍匐，万籁在下，塔无语，王亦无语，唯钢铁的纪律贯透虚空。太阳的火球，向马里兰的地平下降。黄昏是一只薄弱的耳朵，频震于乌鸦的不谐和音。鸦声在西，在琥珀的火堆里裂开。西望是艳红的熔岩，自太阳炉中喷出，正淹没当日南军断肠之处，今日艾森豪威尔的农庄。东望不背光，小圆丘上，北军森严的炮位，历历可数。华盛顿在南，白而直的是南下的州道。同一条公路，北驶三英里，便是葛底斯堡的市区了。这一切，这一圈连环不解的王国，完全属他一人所有。

葛底斯堡啊，葛底斯堡。他的目光抚玩着小城的轮廓。来这里半年，他已经熟悉每条街，每座有历史的建筑。哪哪，刺入晚空的白塔尖，是路德教堂。风雨打黑的是文学院的钟楼，雉堞上栖着咕咕的野鸽。再过去，是黑阶白柱的"老宿舍"，内战时，是北军骑兵秣马的营地。再过去，再过去该是他的七瓴古屋的绿顶了，虽然他的眼力已经不逮。就在那绿顶下，他度过寥落又忙碌的半年，读书、写诗，写长长的航空信，翻译公元前的古典文学，为了那些金鬈的、褐鬈的女弟子，那些洋水仙。那些洋水仙。纳伯克夫称美国的小女孩作 nymphet。他班上的女孩应该是 nymph，他想。就在那绿得不可能的绿顶下，那些洋水仙，那些牛奶灌溉的洋水仙，像一部翻译小说的女主角那样，走进去，听他朗吟缠绵的"湘夫人"，壮烈的"国殇"，笑他太咸的鱼，太淡的黑莓子酒。他为她们都取了中国名字。金发是文葩。栗发是倪娃。金中带栗的是贾翠霞。她们一来，就翻出他的牙筷，每样东西都夹一下。最富侵略性的，是文葩，搜他的冰箱，戴他的雨帽，翻他的中文字典，皱起眉毛，寻找她仅识的半打象形文字。他戏呼她们为疯水仙，为希腊太妹，为 bacchanals。他始终不能把她们看清楚，因为她们动得太快，晃得太厉害。因为碧睛转时，金发便跟着飘扬。她们来时，说话如吟咏，子音爽脆，母音婉柔。她们走后，公寓里犹晃动水仙的影子。他总想让她们停下来，让他仔细阅读那些瞳中的碧色，究竟碧到什么程度。

但塔下只有碧草萋萋。晚风起处，脚下的新枫翻动绿荫。这是深邃的暑假，水仙们都已散了，有的随多毛的牧神，有的，当真回欧洲去了。翠霞要嫁南方的羊蹄人。文范去德国读日耳曼文学。终于都散了，就这么莫名其妙地散了，正如当初，莫名其妙地聚拢来一样。偌大的一片校园，只留下几声知更，只留下，走不掉而又没人坐的靠背长椅，怔怔对着花后的木兰。牧神和水仙践过的芳草，青青如故。一觉醒来，怎么小城骤然老了三十岁？第一次，他发现，这里的居民多么龙钟，满街是警察、店员、保险商、收税吏、战场向导、面目模糊的游客。闷得发慌的下午，暑气炎炎，蟠一条火龙在林肯广场的顶空。车祸频起，救护车的警笛凄厉地宰割一条大街。

所以水仙们就这么散了。警笛代替了牧歌。羊蹄踹过的草地上，只留下一些烟蒂。临行前夕，神与兽，纷纷来叩门。"我们会惦记你的。"柯多丽说。"愿你能回来，再教我们。"倪娃拿走他的底片。一下午，羊蹄不断踢他的公寓。虬髯如盗的霍豪华，金发童颜的贝伯纳，邀他去十英里外，方丈城的一家德国餐馆，叫 Hofbrauhaus 的，去大嚼德国熏肉和香肠，豪饮荷兰啤酒。熏肉和香肠他并不特别喜欢，但饮起啤酒来，他不醉不止。笨重而有柄的史泰因大陶杯，满得欲溢的醇醪，浮面酵起一层潆潆的白沫，一口芳冽，顿时有一股豪气，自胃中冲起，饮者欲哭欲笑，欲拔剑击案而歌。唱机上回旋着德意志的梦，舒伯特的梦，舒曼的梦。绞人肚肠的一段小提琴，令他想起以前同听的那人，那人慵懒的鼻音。他非常想家。他尖锐地感到，离家已经很久，很远了。公寓里的那张双人床，那未经女性的柔软和浑圆祝福过的，荒凉如不毛的沙漠。那夜他是醉了。昏黄的新月下，他开车回去，险些撞在一株老榆树上。

第二天，他起得很迟。坐在参天的老橡荫下，任南风拂动鬓发，宿醒中，听了一下午琐琐层层细细碎碎申申诉诉说说的鸟声。声在茂叶深处渗出漱出。他从来没有听过那样好听的鸣禽，也从未像那天那么想家。他说不出是知更还是画眉。鸣者自鸣。聆者欢喜赞叹地聆听。他坐在重重叠叠浓浓浅浅的绿思绿想中。他相信自己的发上淌得下沁凉的绿液。城春。城夏。草木何深深。泰山耸着。黄河流着。而国已破碎，破碎，如一件落地的瓷器。东方已有太多的伤心，又何必黯然，为几个希腊太妹？他想起，好久，好久没接触东方的温婉了。隐身的歌者仍在歌着。他幻想，自己在抚弄一只手，白得可以采莲的一只手。而且吟一首《念奴娇》，向一只娇小的耳朵，乌发下的耳朵。隐身的歌者仍在歌着。

第三天，停车场上空落落的，全部走光了。园是废园。城是死城。他缓缓走下无人的林荫道，感到空前的疲倦。只有他不能离开，七月间，他将走得更远。他将北上纽约，循传说中惧内猎人的足迹，越过凯茨基山，向空阔的加拿大。但在那之前，他必须像一个白发的老兵，独守一片古战场。小城四郊的墓碑，多于铜像，铜像多于行人。至少墓碑的那一面很热闹，自虐而自嘲地，他想到。至少夜间比昼间热闹。夜间，猫眼的月为鬼魂唱一整个通宵，连窗上的雏菊也失眠了。电影院门首的广告画，虚张声势，探手欲攫迟归的行人。只有逃不掉的邮筒，患得患失地伫立在街角。子夜后的班车，警铃叮叮，大惊小怪地穿过市中心，小城的梦魇陷得更深。为何一切都透明得可怕？这里没有任何疆界。现在覆叠着将来。他走过神学院走过蜡像馆走过郁金香泣血的广场，但大半的时间，他走在梦里走在中国走在记忆的街上。这种完整而纯粹的寂寞，是享受，还是忍受，他无法分辨。冰箱充实的时候，他往往一星期不讲一句话。信箱空洞的时候，他似乎被整个世界所遗忘，且怀疑自己的存在。立在塔顶，立在钢铁架构的空中，前无古人，后无来者，时人亦冷漠而疏远。何以西方茫茫，东方茫茫？寂寞是国，我是王，自嘲兼自慰，他想。她来后，她来后便是后，和我同御这水晶的江山。她来后，一定带她来塔顶，接受寂寞国臣民的欢呼，铜像和石碑的欢呼，接受两军铁炮冥冥的致敬，鼓角齐奏，鬼雄悲壮的军歌。她来后，一定要带她去那张公园椅子上，告诉她，他如何坐在那椅子上，读她的信。也要她去抚摸街角的那个信箱，那是他所有航空信的起站。她来后，一定要带她去那家德国餐馆，要她也尝尝，那种冰人肺腑的芳冽，他想。

她来后。她来后。她来后。他的生命似乎是一场永远的期待,期待一个奇迹,期待一个蜃楼变成一座俨然的大殿堂。期待是一种半清醒半疯狂的燃烧,使焦灼的灵魂幻觉自己生活在未来。灵魂,不可能的印第安雷鸟[1],不可能柔驯地伏在此时此刻的掌中,它的翅膀更喜欢过去的风,将来的云。他钦羡英雄和探险家,羡他们能高度集中地孤注一掷地生活在此时此地,在血的速度呼吸的节奏,不必,像他那样,经常病态地生活在回忆和期待之中。生死决斗的武士,八肢互绞的情人,与山争高的探险家,他钦羡的是这些。他更钦羡阿拉伯的劳伦斯,同一只手,能陷城,也能写诗,能测量沙漠,也能探索灵魂,征服自己,且征服敌人。

但此刻,天上地下,只剩下他一人。鸦已栖定。落日已灭亡。剩下他,孤悬于回忆和期待之间,像伽利略的钟摆,向虚无的两端逃遁,而又永远不能逸去。剩下他,血液闲着,精液闲着,泪腺汗腺闲着,愤怒的呐喊闲着。剩下他,在恐惧之后回顾恐惧,危险之前预期危险。对于他,这是过渡时期,渡船在两个岸间飘摆。这是大征伐中,一段枕剑的小小假寐。因为他的战场,他的床,他的沙漠在中国,在中国,在日落的方向,他的敌人和情人及同伴。自从他选择了笔,自从他选择了自己的武器,选择了蓝色的而不是红色的血液,他很久没有享受过深邃安详如一座寺院的暑假,

---

[1] 雷鸟(thunderbird),印第安人传说中的巨鸟,两翼挟雷电风雨以俱来。美国一种高级轿车,以此命名。——编者注

如他现在所享受的一样。暑假是时间的奢侈品,属于看云做梦的少年。他用单筒的记忆,回顾小时候的那些暑假,当夏季懒洋洋地长着,肥硕而迟钝如一只南瓜,而他,悠闲如一只蝉。那些椰荫下的,槐荫下的,黄桷树荫下的暑假。读童话,读神话,读天方夜谭的暑假。那时,母亲可靠如一株树,他是树上唯一的叶子。那时,他有许多"重要"的同学,上课同桌,睡觉同床,记过时,同一张布告,诅咒时,以彼此的母亲为对象。那些暑假呢?那些母亲呢?那些重要的伙伴呢?

至少他的母亲已经死了,好客的伯母死了,在另一座塔下。那里,时间毫无意义地流着,空间寄托在宗教的租界。是处梵呗如呓,香火在神龛里伸着懒腰。他来自塔的国度。古老的上国已经陆沉,只留下那些塔,兀自顽强地自尊地零零落落地立着,像一个英雄部落的遗族。第二次大战后,他和母亲乘汽船,顺长江东下。蚁泊安庆。母与子同登佛寺的高塔[1],俯瞰江面的密樯和城中的万户灰甍。塔高风烈。迷蒙的空间眩晕的空间在脚下,令他感觉塔尖晃动如巨桅,而他是一只鹰,一展翅一切云都得让路。十九岁的男孩,厌倦古国的破落与苍老。外国地理是他最喜欢的一门课。暑假的下午,半亩的黄桷树荫下,他会对着诱人的地图出神,怔怔望不厌意大利在地中海濯足,多龙的北欧欲噬丹麦,

---

[1] 事隔二十年,已忘塔名。倘有多情的读者见示,当于印书时注明。

望不厌象牙海岸，尼罗河口，江湖满地的加拿大，岛屿满海的澳洲。从一本日历上，他看到一张风景照片，一列火车，盘旋而上庞伟的落基山，袅袅的黑烟曳在空中。他幻想自己坐在这车上，向芝加哥，向纽约，一路阅览雪峰和连嶂。去异国。去异国。去遥远的异国，永远离开平凡的中国。

安庆到葛底斯堡，两座塔隔了二十年。立在这座钢筋的瞭望塔上，立在二十年的这一边，他抚摸二十年前的自己，自己的头发，自己的幼稚，带着同情与责备。世界上最可爱最神秘最伟大的土地，是中国。踏不到的泥土是最香的泥土。远望岂能当归，岂能当归？就如此刻，山外是平原，平原之外是青山。俄亥俄之外是印第安纳之外是爱荷华是内布拉斯加是内华达，乌鸦之西仍是乌鸦是归巢的乌鸦。唯他的归送是无涯是无涯是无涯。半世纪来，多少异乡人曾如此眺望？胡适之曾如此眺望。闻一多如此眺望。梁实秋如此眺望。五四以来，多少留学生曾如此眺望？珊瑚色渐渐吸入加稠的怅青，西南仍有一派依恋的余光。葛底斯堡的方向，灯火零零落落地亮起。值得怀念的小城啊，他想，百年前的战场，百年后的公园，葛底斯之堡，林肯的自由的殿堂。一列火车正迤迤逦逦驶过市中心。当日林肯便乘这种火车，来这里向阵亡将士致敬，且发表那篇演说。他预感得到，将来有人会怀念这里，在中国，怀念这一段水仙的日子，寂寞又自由的日子，在另一个战场，另一种战争之中。这次回去，他将再度加入他的同伴，他将投身历史滔滔的浊流，泳向旋涡啊大旋涡的中心。因为那也是一种内战。文化的内战，精神的内战，我与自己的决斗，为了攻打中国人偏见的巴士底狱，解放孔子后裔的想象力和创造的生命。也许他成功。也许他失败。但未来的历史将因之改向。

　　但在回去之前，他必须独自保持清醒的燃烧。就如那边的北极星，冷静地亮着，不失自己的方向，且为其他的光，守住一个定点。夜色部署得很快，顷刻间，恫吓已呈多面，从鼠灰到黝青到墨黑。但黑暗只有加强星的光芒。星的阵图部署得更快，在夜之上，在万籁之上之上，各种姓名的光，从殉道的红到先知的皎白透青，一一宣布自己的方位。他仰面向北，发现大熊和小熊开阔而灿明，如一面光之大纛，永不下半旗，那角度，比中国所见的高出许多。抓住冻手的栏杆，他感到金属上升的意志和不可动摇的力量。他感到，钢铁的生命，从他的掌心、脚心上升，如忠于温度的水银，逆流而且上升，达于他的四肢，他的心脏。在一个疯狂的豁然的顷刻，他幻觉自己与塔合为一体，立足在坚实的地面，探首于未知的空间，似欲窃听星的谜语，宇宙大脑微妙的运行。一刹那，他欲引吭长啸。但塔的沉默震慑了他。挺直的脊椎，纵横的筋骨，回旋梯的螺形回肠，挣扎时振起一种有秩序的超音乐。寂寞啊寂寞是一座透明的堡，冷冷的高，可以俯览一切，但离一切都那么遥远。鸟与风，太阳与霓虹，都从他架空的胸肋间飞逝，留下他，留下塔，留下塔和他，在超人的高纬气候里，留下一座骄傲的水晶牢，一座形而上的玻璃建筑，任他自囚，自毁，自拯，或自卫。

编者附记：谢谢周弃子先生，本文在《文星》第九十三期发表的次日，他就写来这样一封信：

白帆老棣：

光中兄大作《塔》附注的问题解决了。安庆江边的那座寺和塔叫迎江寺振风塔。这是我的朋友廖寿泉告诉我的。他是安徽望江县人，在安庆住了很久。他现在是总统府的科长，古典诗作得极好。

请写信便中告诉光中，并代致想念！

第二章

关山无月

旅客似乎是十分轻松的人,实际上却相当辛苦。
旅客不用上班,却必须受时间的约束;
爱做什么就做什么,却必须受钱包的限制;
爱去哪里就去哪里,
却必须把几件行李蜗牛壳一般带在身上。

南半球的冬天

　　飞行袋鼠"旷达士"（Qantas）才一展翅，偌大的新几内亚，怎么竟缩成两只青螺，大的一只，是维多利亚峰，那么小的一只，该就是塞克林峰了吧。都是海拔万尺以上的高峰，此刻，在"旷达士"的翼下，却纤小可玩，一簇黛青，娇不盈握，虚虚幻幻浮动在水波不兴一碧千里的"南溟"之上。不是水波不兴，是"旷达士"太旷达了，俯仰之间，忽已睥睨八荒，游戏云表，遂无视于海涛的起起伏伏了。不到一杯橙汁的工夫，新几内亚的郁郁苍苍，倏已陆沉，我们的老地球，所有故乡的故乡，一切国恨家愁的所依所托，顷刻之间都已消逝。所谓地球，变成了一只水球，好蓝好美的一只水球，在好不真实的空间好缓好慢地旋转，昼转成夜，春转成秋，青青的少年转成白头。故国神游，多情应笑我，早生华发。水汪汪的一只蓝眼睛，造物的水族馆，下面泳多少鲨多少鲸，多少亿兆的鱼虾在暖洋洋的热带海中悠然摆尾，多少岛多少屿在高更的梦史蒂文森的记忆里午寐，鼾声均匀。只是我的想象罢了，那澄蓝的大眼睛笑得很含蓄，可是什么秘密也没有说。古往今来，她的眼里该只有日起月落，星出星没，映现一些最原始的抽象图形。留下我，上扪无天，下临无地，一只"旷达士"鹤一般地骑着，虚悬在中间。头等舱的邻座，不是李白，不是苏轼，是双下巴大肚皮的西方绅士。一杯酒握着，不知该邀谁对饮。

有一种叫作云的骗子，什么人都骗，就是骗不了"旷达士"。"旷达士"，一飞冲天的现代鹏鸟，经纬线织成密密的网，再也网它不住。北半球飞来南半球，我骑在"旷达士"的背上，"旷达士"骑在云的背上。飞上三万尺的高空，云便留在下面，制造它骗人的气候去了。有时它层层迭起，雪峰竞拔，冰崖争高，一望无尽的皑皑，疑是西藏高原雄踞在世界之脊。有时它皎如白莲，幻开千朵，无风的岑寂中，"旷达士"翩翩飞翔，入莲出莲，像一只恋莲的蜻蜓。仰望白云，是人。俯玩白云，是仙。仙在常中观变，在阴晴之外观阴晴，仙是我。哪怕是幻觉，哪怕仅仅是几个时辰。

"旷达士"从北半球飞来，五千里的云驿，只在新几内亚的南岸息一息羽毛。摩尔斯比（Port Moresby）浸在温暖的海水里，刚从热带的夜里醒来，机场四周的青山和遍山的丛林，晓色中，显得生机郁勃，绵延不尽。机场上见到好多巴布亚的土人，肤色

|| 凡是过去,皆为序曲 ||

深棕近黑,阔鼻、厚唇,凹陷的眼眶中,眸光炯炯探人,很是可畏。

从新几内亚向南飞,下面便是美丽的珊瑚海(Coral Sea)了。太平洋水,澈澈澄澄清清,浮云开处,一望见底,见到有名的珊瑚礁,绰号"屏藩大礁"(Great Barrier Reef),迤迤逦逦,零零落落,系住澳洲大陆的东北海岸,好精巧的一条珊瑚带子。珊瑚是浅红色,珊瑚礁呢,说也奇怪,却是青绿色。开始我简直看不懂。双层玻璃的机窗下,奇迹一般浮现一块小岛,四周湖绿,托出中央的一方翠青。正觉这小岛好漂亮好有意思,前面似真似幻,竟又浮来一块,形状不同,青绿色泽的配合则大致相同。猜疑未定,远方海上又出现了,不是一个,而是一群,长的长,短的短,不规不则得乖乖巧巧,玲玲珑珑,那样讨人喜欢的图案层出不穷,令人简直不暇目迎目送。诗人侯伯特(George Herbert)说:

色泽鲜丽

令仓促的观者拭目重看

惊愕间,我真的揉揉眼睛,被香港的红尘吹瞀了的眼睛,仔细再看一遍。不是岛!青绿色的图形是平铺在水底,不是突出在水面。啊我知道了,这就是闻名世界的所谓"屏藩大礁"了。透明的柔蓝中漾现变化无穷的青绿翠礁,三种凉凉的颜色配合得那么谐美而典雅,织成海神最豪华的地毯。数百丛的珊瑚礁,检阅了一个多小时才看完。

如果我是人鱼,一定和我的雌人鱼,选这些珊瑚为家。风平浪静的日子,和她并坐在最小的一丛礁上,用一只大海螺吹起德彪西袅袅的曲子,使所有的船都迷了路。可是我不是人鱼,甚至也不是飞鱼,因为"旷达士"要载我去袋鼠之邦,食火鸡之国,访问七个星期,去会见澳洲的作家,画家,学者,参观澳洲的学府,画廊,音乐厅,博物馆。不,我是一位访问的作家,不是人鱼。正如普鲁夫洛克所说,我不是尤利西斯,女神和雌人鱼不为我歌唱。

越过童话的珊瑚海,便是浅褐土红相间的荒地,澳大利亚庞然的体魄在望。最后我看见一个港,港口我看见一座城,一座铁桥黑虹一般架在港上,对海的大歌剧院蚌壳一般张着复瓣的白屋顶,像在听珊瑚海人鱼的歌吟。"旷达士"盘旋扑下,倾侧中,我看见一排排整齐的红砖屋,和碧湛湛的海水对照好鲜明。然后是玩具的车队,在四线的高速公路上流来流去。然后机身辘辘,"旷达士"放下它蜷起的脚爪,触地一震,悉尼到了。

但是悉尼不是我的主人,澳大利亚的外交部,在西南方二百里外的山区等我。"旷达士"把我交给一架小飞机,半小时后,我到了澳洲的京城堪培拉。堪培拉是一个计划都市,人口目前只有十四万,但是建筑物分布得既稀且广,发展的空间非常宽大。圆阔的草地,整洁的车道,富于线条美的白色建筑,把曲折多姿回环成趣的柏丽·格里芬湖围在中央。神造的全是绿色,人造的全是白色。堪培拉是我见过的都市中,最清洁整齐的一座白城。白色的迷宫。国会大厦,水电公司,国防大厦,联鸣钟楼,国立图书馆,无一不白。感觉中,堪培拉像是用积木,不,用方糖砌成的理想之城。在我五天的居留中,街上从未见到一片垃圾。

我住在澳洲国立大学的招待所,五天的访问,日程排得很满。感觉中,许多手向我伸来,许多脸绽开笑容,许多名字轻叩我的耳朵,缤缤纷纷坠落如花。我接受了沈锜"大使"及夫人,章德惠"参事",澳洲外交部,澳洲国立大学亚洲研究所,澳洲作家协会,堪培拉高等教育学院等的邀宴;会见了名诗人侯普(A. D. Hope)、康波(David Campbell)、道布森(Rosemary Dobson)和布礼盛顿(R. F. Brissenden);接受了澳洲总督海斯勒克爵士(Sir Paul Hasluck)、沈锜"大使"、诗人侯普、诗人布礼盛顿,及柳存仁教授的赠书,也将自己的全部译著赠送了一套给澳洲国立图书馆,由东方部主任王省吾代表接受;聆听了堪培拉交响乐队;接受了《堪培拉时报》的访问;并且先后在澳洲国立大学的东方学会与英文系发表演说。这一切,当在较为正式的《澳洲访问记》一文中,详加分述,不想在这里多说了。

"旷达士"猛一展翼,十小时的风云,便将我抖落在南半球的冬季。堪培拉的冷静,高亢,和香港是两个世界,和台湾是两个世界。堪培拉在南半球的纬度,相当于济南之在北半球。中国的诗人很少这么深入"南蛮"的。《大招》的诗人早就警告过:"魂乎无南！南有炎火千里,蝮蛇蜒只。山林险隘,虎豹蜿只。鲵鳙短狐,王虺骞只。魂乎无南,蜮伤躬只！"柳宗元才到柳州,已有万死投荒之叹。韩愈到潮州,苏轼到海南岛,歌哭一番,也就北返中原去了。谁会想到,深入南荒,越过赤道的炎火千里而南,越过南回归线更南,天气竟会寒冷起来,赤火炎炎,会变成白雪凛凛,虎豹蜿只,会变成食火鸡、袋鼠和攀树的醉熊？

　　从堪培拉再向南行,科库斯可大山便擎起须发尽白的雪峰,矗立天际。我从北半球的盛夏火鸟一般飞来,一下子便投入了科库斯可北麓的阴影里。第一口气才注入胸中,便将我涤得神清气爽,豁然通畅。欣然,我呼出台北的烟火,香港的红尘。我走下寂静宽敞的林荫大道,白干的犹加利树叶落殆尽,枫树在冷风里摇响炫目的艳红和鲜黄,刹那间,我有在美国街上独行的感觉,不经意翻起大衣的领子。一只红冠翠羽对比明丽无伦的考克图大鹦鹉,从树上倏地飞下来,在人家的草地上略一迟疑,忽又翼翻七色,翩翩飞走。半下午的冬阳里,空气在淡淡的暖意中兀自挟带一股醒人的阴凉之感。下午四点以后,天色很快暗了下来。太阳才一下山,落霞犹金光未定,一股凛冽的寒意早已逡巡在两肘,伺机噬人,躲得慢些,冬夕的冰爪子就会探颈而下,伸向行人的背脊了。究竟是南纬高地的冬季,来得迟去得早的太阳,好不容易把中午烘到五十几度,夜色一降,就落回冰风刺骨的四十度了。中国大陆上一到冬天,太阳便垂垂倾向南方的地平,所以美宅良厦,讲究的是朝南。在南半球，冬日却贴着北天冷冷寂寂无声无息地旋转，夕阳没处，竟是西北。到堪培拉的第一天，茫然站在澳洲国立大学校园的草地上，暮寒中，看夕阳坠向西北的乱山丛中。那方向，不正是中国的大陆，乱山外，不正是崦嵫的神话？西北望长安，可怜无数山。无数山。无数海。无数无数的岛。

到了夜里，乡愁就更深了。堪培拉地势高亢，大气清明，正好饱览星空。吐气成雾的寒战中，我仰起脸来读夜。竟然全读不懂！不，这张脸我不认得！那些眼睛啊怎么那样陌生而又诡异，闪着全然不解的光芒好可怕！那些密码奥秘的密码是谁在拍打？北斗呢？金牛呢？天狼呢？怎么全躲起来了，我高贵而显赫的朋友啊？踏的，是陌生的土地，戴的，是更陌生的天空，莫非我误闯到一颗新的星球上来了？

当然，那只是一瞬间的惊诧罢了。我一拭眼睛。南半球的夜空，怎么看得见北斗七星呢？此刻，我站在南十字星座的下面，戴的是一顶簇新的星冕，南十字，古舟子航行在珊瑚海塔斯曼海上，无不仰天顶礼的赫赫华胄，闪闪徽章，澳大利亚人升旗，就把它升在自己的旗上。可惜没有带星谱来，面对这么奥秘幽美的夜，只能赞叹赞叹扉页。

我该去新西兰吗？塔斯曼冰冷的海水对面，白人的世界还有一片土。澳洲已自在天涯，新西兰，更在天涯之外。庞然而阔的新大陆，澳大利亚，从此地一直延伸，连连绵绵，延伸到帕斯和达尔文，南岸，封着塔斯曼的冰海，北岸，浸在暖脚的南太平洋里。澳洲人自己诉苦，说，无论去什么国家都太远太遥，往往，向北方飞，骑"旷达士"的风云飞驰了四个小时，还没有跨出澳洲的大门。

美国也是这样。一飞入寒冷干爽的气候，就有一种重践北美大陆的幻觉。记忆，重重叠叠的复瓣花朵，在寒战的星空下反而一瓣瓣绽开了，展开了每次初抵美国的记忆，枫叶和橡叶，混合着街上淡淡汽油的那种嗅觉，那么强烈，几乎忘了童年，十几岁的孩子，自己也曾经拥有一片大陆，和直径千里的大陆性冬季，只是那时，祖国覆盖我像一条旧棉被，四万万人挤在一张大床上，一点儿也没有冷的感觉。现在，站在南十字星下，背负着茫茫的海和天，企鹅为近，铜驼为远，那样立着，引颈企望着企望着长安，洛阳，金陵，将自己也立成一头企鹅。只是别的企鹅都不怕冷，不像这一头啊这么怕冷。

怕冷。怕冷。旭日怎么还不升起？霜的牙齿已经在咬我的耳朵。怕冷。三次去美国，昼夜倒轮。南来澳洲。寒暑互易。同样用一枚老太阳，怎么有人要打伞，有人整天用来烘手都烘不暖？而用十字星来烘脚，是一夜也烘不成梦的啊。

‖ 凡是过去，皆为序曲 ‖

西欧的夏天

　　旅客似乎是十分轻松的人，实际上却相当辛苦。旅客不用上班，却必须受时间的约束；爱做什么就做什么，却必须受钱包的限制；爱去哪里就去哪里，却必须把几件行李蜗牛壳一般带在身上。旅客最可怕的噩梦，是钱和证件一起遗失，沦为来历不明的乞丐。旅客最难把握的东西，便是气候。

　　我现在就是这样的旅客。从西班牙南端一直旅行到英国的北端，我经历了各样的气候，已经到了寒暑不侵的境界。此刻我正坐在中世纪达豪士古堡（Dalhousie Castle）改装的旅馆里，为《隔海书》的读者写稿，刚刚黎明，湿灰灰的云下是苏格兰中部荒莽的林木，林外是隐隐的青山。晓寒袭人，我坐在厚达尺许的石墙里，穿了一件毛衣。如果要走下回旋长梯像走下古堡之肠，去坡下的野径漫步寻幽，还得披上一件够厚的外套。

  从台湾地区的定义讲来，西欧几乎没有夏天。昼蝉夜蛙，汗流浃背，是台湾的夏天。在西欧的大城，例如巴黎和伦敦，七月中旬走在阳光下，只觉得温暖舒适，并不出汗。西欧的旅馆和汽车，例皆不备冷气，因为就算天热，也是几天就过去了，值不得为避暑费事。我在西班牙、法国、英国各地租车长途旅行，其车均无冷气，只能扇风。

  巴黎的所谓夏天，像是台北的深夜，早晚上街，凉风袭肘，一件毛衣还不足御寒。如果你走到塞纳河边，风力加上水汽，更需要一件风衣才行。下午日暖，单衣便够，可是一走到楼影或树荫里，便嫌单衣太薄。地面如此，地下却又不同。巴黎的地车比纽约、伦敦、马德里的都好，却相当闷热，令人穿不住毛衣。所以，地上地下，穿穿脱脱，也颇麻烦。七月在巴黎的街上，行人的衣装，从少女的背心短裤到老妪的厚大衣，四季都有。七月在巴黎，几乎天天都是晴天，有时一连数日碧空无云，入夜后天也不黑下来，只变得深洞洞的暗蓝。巴黎附近无山，城中少见高楼，城北的蒙马特也只是一个矮丘，太阳要到九点半才落到地平线上，更显得昼长夜短，有用不完的下午。不过晴天也会突来霹雳：七月十四日在法国国庆那天上午，密特朗总统在香榭丽舍大道主持阅兵盛典，就忽来一阵大雨，淋得总统和军乐队狼狈不堪。电视观众看得见雨汽之中乐队长的指挥杖竟失手落地，连忙俯身拾起。

法国北部及中部地势平坦，一望无际，气候却有变化。巴黎北行一小时至鲁昂，就觉得冷些；西南行二小时至卢瓦尔河中流，气候就暖得多，下午竟颇燠热，不过入夜就凉下来，星月异常皎洁。

　　再往南行入西班牙，气候就变得干暖。马德里在高台地的中央，七月的午间并不闷热，入夜甚至得穿毛衣。我在南部安达卢西亚地区及阳光海岸（Costa del Sol）开车，一路又干又热，枯黄的草原，干燥的石堆，大地像一块烙饼，摊在酷蓝的天穹之下。路旁的草丛常因干燥而起火，势颇惊人。可是那是干热，并不令人出汗，和台湾的湿闷不同。

　　英国则趋于另一极端，显得阴湿，气温也低。我在伦敦的河堤区住了三天，一直是阴天，下着间歇的毛毛雨。即使破晓时露一下朝暾，早餐后天色就阴沉下来了。我想英国人的灵魂都是雨蕈，撑开来就是一把黑伞。与我存走过滑铁卢桥，七月的河风吹来，水汽阴阴，令人打一个寒噤，把毛衣的翻领拉起，真有点魂断蓝桥的意味了。我们开车北行，一路上经过塔尖如梦的牛津，城楼似幻的勒德洛（Ludlow），古桥野渡的切斯特（Chester），雨云始终罩在车顶，雨点在车窗上也未干过，销魂远游之情，不让陆游之过剑门。进入肯布瑞亚的湖区之后，遍地江湖，满空云雨，偶见天边绽出一角薄蓝，立刻便有更多的灰云挟雨遮掩过来。真要怪华兹华斯的诗魂小气，不肯让我一窥他诗中的晴美湖光。

从我一夕投宿的鹰头（Hawkshead）小店栈楼窗望出去，沿湖一带，树树含雨，山山带云，很想告诉格拉斯米教堂墓地里的诗翁，我国古代有一片云梦大泽，也出过一位水汽逼人的诗宗。

‖ 凡是过去，皆为序曲 ‖

凭一张地图

一百八十年前，苏格兰的文豪卡莱尔从家乡艾克雷夫城（Ecclefechan）徒步去爱丁堡上大学，八十四英里的路程，足足走了三天。七月底我在英国驾车旅行，循着卡莱尔古老的足印，他跋涉三天的长途，我三个小时就到了。凡在那一带开过山路的人都知道，那一条路，三天就徒步走完，绝非易事，不由得我不佩服卡莱尔的体力与毅力。凭那样的毅力，也难怪他能在《法国革命》一书的原稿被焚之后，竟然再写一次。

出外旅行，最便捷的方式当然是乘飞机，但是机票太贵，机窗外面只见云来雾去，而各国的机场也都大同小异。飞机只是蜻蜓点水，要看一个国家，最好的办法还是乘火车、汽车、单车。不过火车只停大站，而且受制于时间表，单车呢，又怕风雨，而且不堪重载。我最喜欢的还是自己开车,只要公路网所及之处,凭一张精确而美丽的地图,凭着旁座读地图的伴侣,我总爱开车去游历。只要神奇的方向盘在手,天涯海角的名胜古迹都可以召来车前。

十三年前的仲夏我在澳洲,想从沙漠中央的孤城爱丽丝泉(Alice Springs)租车去看红岩奇景。那时我驾驶的经验只限于美国,但是澳洲和英国一样,驾驶座是在右边。一坐上租来的车子,左右相反,顿觉天旋地转,无所适从,只好退车。在香港开车八年,久已习于右座驾驶,所以今夏去西欧开车,时左时右,再也难不倒我。

飞去巴黎之前,我在香港买了西欧的火车月票。凭了这种颇贵的长期车票(Eurail pass),我可以在西欧各国随时乘车,坐的是头等车厢,而且不计路程的远近。二十六岁以下的青年也可以买这种长期票,价格较低,但是只能坐二等。所以,在西班牙和法国旅行时,我尽量搭乘火车。火车不便的地方,就租车来开,因此不少偏僻的村镇,我都去过。英国没有加入西欧这种长期票的组织,我在英国旅行,就完全自己开车。

在西欧租车,相当昂贵,租费不但按日计算,还要按照里数。且以2000cc的中型车为例,在西班牙每天租金是五千西币(peseta,每二十元值港币一元),每开一公里再收四十五西币,加上保险和汽油,就很贵了。在法国租这样一辆车,每天收二百法郎（约合一百七十元港币），每公里再收二法郎，比西班牙稍为便宜。问题在于：按里收费，就开不痛快。如果像美国人那样长途开车，平均每天三百英里，即四百八十公里，单以里程来计，每天就接近一千法郎了。

幸好英国跟美国一样大方，租车只计日数，不计里数，所以我在英国开车，不计山长水远，最是意气风发。路远，当然多耗汽油，可是比起按里收费来，简直不算什么。伦敦的租车业真是洋洋大观，电话簿的"黄页"一连百多家车行。你可以连车带司机一起租，那车，当然是极奢华的劳斯莱斯或者丹姆勒。你也可以把车开去西欧各国。甚至你可以预先租好，一下飞机就有车可开。我在英国租了一辆快意（Fiat Regata），八天内开了一千三百英里，只收二百三十英镑，比在西班牙和法国便宜得多。

伦敦租车行的漂亮小姐威胁我说："你开车出伦敦，最好有人带路，收费五镑。"我不服气道："纽约也好，芝加哥也好，我都随便进进出出，怕什么伦敦？"她把伦敦市街的详图向我一折又一折地摊开，盖没了整个大桌面，咬字清晰地说道："哪，这是伦敦！大街小巷两千多条，弯的多，直的少，好多还是单行道。至于路牌嘛，只告诉你怎么进城，不告诉你怎么出城。你瞧着办吧，开不出城把车丢在半路的顾客，多的是。"

我怔住了，心想这伦敦恐怕真是难缠，便沉吟起来。第二天车行派人来交车，我果然请她带我出城，在去牛津的路边停下车来，从我手上接过五镑钞票，告别而去。我没有说错，来交车的是一个"她"，不是"他"。我在旅馆的大厅上站了足足十分钟，等一个彪形的司机出现。最后那司机开口了："你是余先生吗？"竟是一位清秀的中年太太。我冲口说："没想到是一位女士。"她笑道："应该是男士吗？"

在西欧开车，许多地方不如在美国那么舒服。西欧纬度高，夏季短，汽车大半没有冷气，只能吹风，太阳一出来，车厢里就觉得燠热。公路两旁的休息站很少，加油也不太方便。路牌矮而小，往往是白底黑字，字体细瘦，不像美国的那样横空而起，当顶而过，巨如牌坊。英国公路上两道相交，不像美国那么豪华，大造其四叶苜蓿（Clover-leaf）的立体花桥，只用一个圆环来分道，车势就缓多了。长途之上绝少广告牌，固然山水清明，游目无碍，久之却也感到寂寥，好像已经驶出了人间。等到暮色起时，也找不到美式的汽车客栈。

桥跨黄金城

一　长桥古堡

一行六人终于上得桥来。迎接我们的是两旁对立的灯柱，一盏盏古典的玻璃灯罩举着暖目的金黄。刮面是水寒的河风，一面还欺凌着我的两肘和膝盖。所幸两排金黄的桥灯，不但暖目，更加温心，正好为夜行人祛寒。水声潺潺盈耳，桥下，想必是"魔涛河"[1]了。三十多年前，独客美国，常在冬天下午听斯美塔纳的《伏尔塔瓦河》，和德沃夏克的《新世界交响曲》，绝未想到，有一天竟会踏上他们的故乡，把他们宏美的音波还原成这桥下的水波。

---

[1] 伏尔塔瓦河，捷克共和国最长的河。——编者注

靠在厚实的石栏上，可以俯见桥墩旁的木架上，一排排都是栖定的白鸥，虽然夜深风寒，却不见瑟缩之态。远处的河面倒漾着岸上的灯光，一律是安慰的熟铜烂金，温柔之中带着神秘，像什么童话的插图。

桥真是奇妙的东西。它架在两岸，原为过渡而设，但是人上了桥，却不急于赶赴对岸，反而耽赏风景起来。原来是道路，却变成了看台，不但可以仰天俯水，纵览两岸，还可以看看停停，从容漫步。爱桥的人没有一个不恨其短的，最好是永远走不到头，让重吨的魁梧把你凌空托在波上，背后的岸追不到你，前面的岸也捉你不着。于是你超然世外，不为物拘，简直是以桥为鞍，骑在一匹河的背上。河乃时间之隐喻，不舍昼夜，又为逝者之别名。然而逝去的是水，不是河。自其变者而观之，河乃时间；自其不变者而观之，河又似乎永恒。桥上人观之不厌的，也许就是这逝而犹在、常而恒迁的生命。而桥，两头抓住逃不走的岸，中间放走抓不住的河，这件事的意义，形而上的可供玄学家去苦思，形而下的不妨任诗人来歌咏。

但此刻我却不能在桥上从容觅句，因为已经夜深，十一月初的气候，在中欧这内陆国家，昼夜的温差颇大。在呢大衣里面，我只穿了一套厚西装，却无毛衣。此刻，桥上的气温该只有六七摄氏度上下吧。当然不是无知，竟然穿得这么单薄就来桥上，而是因为刚去对岸山上的布拉格城堡，参加国际笔会的欢迎酒会，

093

恐怕户内太暖,不敢穿得太多。

想到这里,不禁回顾对岸。高近百尺的桥尾堡,一座雄赳赳哥特式的四方塔楼,顶着黑压压的楔状塔尖,晕黄的灯光向上仰照,在夜色中矗然赫然有若巨灵。其后的簇簇尖塔探头探脑,都挤着要窥看我们,只恨这桥尾堡太近太高了,项背所阻,谁也出不了头。但更远更高处,晶莹天际,已经露出了一角布拉格城堡。

"快来这边看!"茵西在前面喊我们。

大家转过身去,赶向桥心。茵西正在那边等我们。她的目光兴奋,正越过我们头顶,眺向远方,更伸臂向空指点。我们赶到她身边,再度回顾,顿然,全愕呆了。

刚才的桥尾堡矮了下去。在它的后面,不,上面,越过西岸所有的屋顶、塔顶、树顶,堂堂崛起布拉格城堡嵯峨的幻象,那君临全城不可一世的气势、气派、气概,并不全在巍然而高,更在其千窗排比、横行不断、一气呵成的逦然而长。不知有几万烛光的脚灯反照宫墙,只觉连延的白壁上笼着一层虚幻的蛋壳青,显得分外晶莹惑眼,就这么展开了几近一公里的长梦。奇迹之上更奇迹,堡中的广场上更升起圣维徒斯大教堂,一簇峻塔锋芒毕露,凌乎这一切壮丽之上,刺进波希米亚高寒的夜空。

那一簇高高低低的塔楼,头角峥嵘,轮廓矍铄,把圣徒信徒的祷告举向天际,是布拉格所有眼睛仰望的焦点。那下面埋的是查理四世,藏的,是六百年前波希米亚君王的皇冠和权杖。所谓布拉格城堡（Prǎzský hrad）并非一座单纯的城堡，而是一组美不胜收、目不暇接的建筑，盘盘囷囷，历六世纪而告完成，其中至少有六座宫殿、四座塔楼、五座教堂，还有一座画廊。

刚才的酒会就在堡的西北端一间豪华的西班牙厅（Spanish Hall）举行。惯于天花板低压头顶的现代人，在高如三楼的空厅上俯仰睥睨，真是"敞快"。复瓣密蕊的大吊灯已经灿人眉睫，再经四面的壁镜交相反映，更显富丽堂皇。原定十一点才散，但过了九点，微醺的我们已经不耐这样的摩肩接踵，胡乱掠食，便提前出走。

一踏进宽如广场的第二庭院，夜色逼人之中觉得还有样东西在压迫夜色，令人不安。原来是有两尊巨灵在宫楼的背后，正眈眈俯窥着我们。惊疑之下，六人穿过幽暗的走廊，来到第三庭院。尚未定下神来，逼人颧额的双塔早蔽天塞地挡在前面，不，上面；绝壁拔升的气势，所有的线条、所有的锐角都飞腾向上，把我们的目光一直带到塔顶，但是那嶙峋的斜坡太陡了，无可托趾，而仰瞥的角度也太高了，怎堪久留，所以冒险攀缘的目光立刻又失足滑落，直跌下来。

这圣维徒斯大教堂起建于一三四四年，朝西这边的新哥特式双塔却是十九世纪末所筑，高八十二公尺，门顶的八瓣玫瑰大窗直径为十点四公尺，彩色玻璃绘的是《创世记》。凡此都是后来才得知的，当时大家辛苦攀望，昏昏的夜空中只见这双塔肃立争高，被脚灯从下照明，宛若梦游所见，当然不遑辨认玫瑰窗的主题。

茵西领着我们，在布拉格城堡深宫巨寺交错重叠的光影之间一路向东，摸索出路。她兼擅德文与俄文，两者均为布拉格的征服者所使用，她说，对布拉格人说德文，比较不惹反感。所以她领着我们问路、点菜，都用德文。其实捷克语文出于斯拉夫系，为其西支，与俄文接近。以"茶"一字为例，欧洲各国皆用中文的发音，捷克文说čaj，和俄文cháy一样，是学汉语。德文说Tee，却和英文一样，是学闽南语。

在暖黄的街灯指引下，我们沿着灰紫色砖砌的坡道，一路走向这城堡的后门。布拉格有一百二十多万人口，但显然都不在这里。寒寂无风的空气中，只有六人的笑语和足音，在迤逦的荒巷里隐隐回荡。巷长而斜，整洁而又干净，偶尔有车驶过，轮胎在砖道上磨出细密而急骤的声响，恍若阵雨由远而近，复归于远，听来很有情韵。

终于，我们走出了城堡，回顾堡门，两侧各有一名卫兵站岗。想起卡夫卡的K欲进入一神秘的古堡而不得其门，我们从一座深堡中却得其门而出，也许是象征布拉格真的自由了：现在是开明的总统，也是杰出的戏剧家，哈维尔（Václav Havel, 1936—　），坐在这布拉格城堡里办公。

堡门右侧，地势突出成悬崖，上有看台，还围着一段残留的古堞。凭堞远眺，越过万户起伏的屋顶和静静北流的魔涛河，东岸的灯火尽在眼底。夜色迷离，第一次俯瞰这陌生的名城，自然难有指认的惊喜。但满城金黄的灯火，丛丛簇簇，宛若光蕊，那一盘温柔而神秘的金辉，令人目暖而神驰，尽管陌生，却感其似曾相识，直疑是梦境。也难怪布拉格叫作黄金城。

而在这一片高低迤逦、远近交错的灯网之中，有一排金黄色分外显赫，互相呼应着凌水而渡，正在我们东南。那应该是——啊，有名的查理大桥了。茵西欣然点头，笑说正是。

于是我们振奋精神，重举倦足，在土黄的宫墙外，沿着织成图案的古老石阶，步下山去。

而现在，我们竟然立在桥心，回顾刚才摸索而出的古寺深宫，忽已矗现在彼岸，变成了幻异蛊人的空中楼阁、梦中城堡。真的，我们是从那里面出来的吗？这庄周式的疑问，即使问桥下北逝的流水，这千年古都的见证人，除了不置可否的潺潺之外，恐怕什么也问不出来。

二　查理大桥

过了两天，我们又去那座着魔的查理大桥（Charles Bridge，捷克文为 Karlov most）。魔涛河（Moldau，捷克文为 Vltava）上架桥十二，只有这条查理大桥不能通车，只可徒步，难怪行人都喜欢由此过桥。说是过桥，其实是游桥。因为桥上不但可以俯观流水，还可以远眺两岸：凝望流水久了，会有点受它催眠，也就是出神吧；而从桥上看岸，不但左右逢源，而且因为够远，正是美感的距离。如果桥上不起车尘，更可从容漫步。如果桥上有人卖艺，或有雕刻可观，当然就更动人。这些条件查理大桥无不具备，所以行人多在桥上流连，并不急于过桥：手段，反而胜于目的。

查理大桥为查理四世（Charles IV，1316—1376）而命名，始建于一三五七年，直到十五世纪初才完成。桥长五百二十公尺，宽十公尺，由十六座桥墩支持，全用灰扑扑的砂岩砌成。造桥人是查理四世的建筑总监巴勒（Peter Parler）：他是哥特式建筑的天才，包括圣维塔大教堂及老城桥塔在内，布拉格在中世纪的几座雄伟建筑都是他的杰作。十七世纪以来，两侧的石栏上不断加供圣徒的雕像，或为独像，例如圣奥古斯丁；或为群像，例如圣母恸抱耶稣；或为本地的守护神，例如圣温塞斯拉斯（Wenceslas），等距对峙，共有三十一组之多，连像座均高达二丈，简直是露天的天主教雕刻大展。

桥上既不走车，十公尺石砖铺砌的桥面全成了步道，便显得很宽坦了。两侧也有一些摊贩，多半是卖河上风光的绘画或照片，水平颇高，不然就是土产的发夹胸针、项链耳环之类，造型也不俗气，偶尔也有俄式的木偶或荷兰风味的瓷器街屋。这些小货摊排得很松，都挂出营业执照，而且一律不放音乐，更不用扩音器。

音乐也有，或为吉他、提琴，或为爵士乐队，但因桥面空旷，水声潺潺，即使热烈的爵士乐萨克斯风，也迅随河风散去。一曲既罢，掌声零落，我们不忍，总是向倒置的呢帽多投几枚铜币。有一次还见有人变戏法，十分高明。这样悠闲的河上风情，令我想起《清明上河图》的景况。

行人在桥上，认真赶路的很少，多半是东张西望，或是三五成群，欲行还歇，仍以年轻人为多。人来人往，都各行其是，包括情侣相拥而吻，公开之中不失个别的隐私。若是独游，这桥上该也是旁观众生或是想心事最佳的去处。

河景也是大有可观的，而且观之不厌。布拉格乃千年之古城，久为波希米亚王国之京师，在查理四世任罗马皇帝的岁月，更贵为帝都，也是十四世纪欧洲有数的大城。这幸运的黄金城未遭兵燹重大的破坏，也绝少碍眼的现代建筑龃龉其间，因此历代的建筑风格，从高雅的罗马式到雄浑的哥特式，从巴洛克的宫殿到新艺术的荫道，均得保存迄今，乃使布拉格成为"具体而巨"的建筑史博物馆，而布拉格人简直就生活在艺术的传统里。

站在查理大桥上放眼两岸，或是徜徉在老城广场，看不尽哥特式的楼塔黛里带青，凛凛森严，犹似戴盔披甲，在守卫早陷落的古城。但对照这些冷肃的身影，满城却千门万户，热闹着橙红屋顶，和下面整齐而密切的排窗，那活泼生动的节奏，直追莫扎特的快板。最可贵的是一排排的街屋，甚至一栋栋的宫殿，几乎全是四层楼高，所以放眼看去，情韵流畅而气象完整。

桥墩上栖着不少白鸥，每逢行人喂食，就纷纷飞起，在石栏边穿梭交织。行人只要向空中抛出一片面包，尚未落下，只觉白光一闪，早已被敏捷的黄喙接了过去。不过是几片而已，竟然召来这许多素衣侠高来高去，翻空蹴虚，展露如此惊人的轻功。

三　黄金巷

布拉格城堡一探，犹未尽兴。隔一日，茵西又领了我们去黄金巷（Zlatá ulička）。那是一条令人怀古的砖道长巷，在堡之东北隅，一端可通古时囚人的达利波塔，另一端可通白塔。从堡尾的石阶一路上坡，入了古堡，两个右转就到了。巷的南边是伯尔格瑞夫宫，北边是碉堡的石壁，古时厚达一公尺。壁垒既峻，宫墙又高，黄金巷蜷在其间，有如峡谷，一排矮小的街屋，盖着瓦顶，就势贴靠在厚实的堡壁上。十六世纪以后，住在这一排陋屋里的，是号称神枪手（sharpshooters）的炮兵，后来金匠、裁缝之类也来此开铺。相传在鲁道夫二世之朝，这巷里开的都是炼金店，所以叫作黄金巷。

如今这些矮屋，有的漆成土红色，有的漆成淡黄、浅灰，蜷缩在斜覆的红瓦屋顶下，令人幻觉，怎么走进童话的插图里来了？这条巷子只有一百三十公尺长，但其宽度却不规则，阔处约为窄处的三倍。走过窄处，张臂几乎可以触到两边的墙壁，加以屋矮门低，墙壁的颜色又涂得稚气可掬，乃令人觉其可亲可爱，又有点不太现实。进了门去，更是屋小如舟，只要人多了一点，就会摩肩接踵，又仿佛是挤在电梯间里。

炮兵和金匠当然都不见了。兴奋的游客探头探脑，进出于迷你的玩具店、水晶店、书店、咖啡馆，总不免买些小纪念品回去。最吸引人的一家在浅绿色的墙上钉了一块细长的铜牌，上刻"弗兰兹·卡夫卡屋"，颇带梵高风格的草绿色门楣上，草草写上"二十二号"。里面是一间极小的书店，除了陈列一些卡夫卡的图片说明，就是卖书了。我用七十克朗（crown，捷克文为korun）买到一张布拉格的"漫画地图"，十分得意。

"漫画地图"是我给取的绰号，因为正规地图原有的抽象符号，都用漫画的笔法，简要明快地绘成生动的具象：其结果是地形与方位保持了常态，但建筑与行人、街道与广场的比例，却自由缩放，别有谐趣。

黄金巷快到尽头时，有一段变得更窄，下面是灰色的石砖古道，上面是苍白的一线阴天，两侧是削面而起的墙壁，纵横着斑驳的沧桑。行人走过，步声跫然，隐蔽之中别有一种隔世之感。这时光隧道通向一个空落落的天井，三面围着铁灰的厚墙，只有几扇封死了的高窗。显然，这就是古堡的尽头了。

寒冷的岑寂中，我们围坐在一柄夏天的凉伞下，捧着喝咖啡与热茶取暖。南边的石城墙上嵌着两扉木门，灰褐而斑驳，也是封死了的。门上的铜环，上一次是谁来叩响的呢，问满院的寂寞，所有的顽石都不肯回答。我们就那么坐着，似乎在倾听六百年古堡隐隐的耳语，在诉说一个灰颓的故事。若是深夜在此，查理四世的鬼魂一声咳嗽，整座空城该都有回声。而透过窄巷，仍可窥见那一头的游客来往不绝，恍若隔了一世。

四　犹太区

凡爱好音乐的人都知道，布拉格是斯美塔纳和德沃夏克城。同样，爱好文学的读者也都知道，卡夫卡，悲哀的犹太天才，也是在此地诞生、写作，度过他一生短暂的岁月。

悲哀的犹太人在布拉格，已有上千年的历史。斯拉夫人来得最早，在第五世纪便住在今日布拉格城堡所在的山上了。然后在第十世纪来了亚伯拉罕的后人，先是定居在魔涛河较上游的东岸，十三世纪中叶更在老城之北，正当魔涛河向东大转弯处，以今日"犹太旧新教堂"（Staronová syngoga）为中心，发展出犹太区来。尽管犹太人纳税甚丰，当局对他们的态度却时宽时苛，而布拉格的市民也很不友善，因此犹太人没有公民权，有时甚至遭到迫迁。直到一八四八年，开明的哈布斯堡朝皇帝约瑟夫二世（Joseph II）才赋予公民权。犹太人为了感恩，乃将此一地区改称"约瑟夫城"

（Joseph），一直沿用至今。

这约瑟夫城围在布拉格老城之中，乃布拉格最小的一区，却是游客必访之地。茵西果然带我们去一游。我们从地铁的弗洛伦斯站（Florenc）坐车到桥站（Mustek），再转车到老城站（Staroměstská），沿着西洛卡街东行一段，便到了老犹太公墓。从西洛卡街一路蜿蜒到利斯托巴杜街，这一片凌乱而又荒芜的墓地呈不规则的Z字形。其间的墓据说多达一万二千，三百多年间的葬者层层相叠，常在古墓之上堆上新土，再葬新鬼。最早的碑石刻于一四三九年，死者是诗人兼法学专家阿必多·卡拉；最后葬此的是摩西·贝克，时在一七八七年。由于已经墓满，"死无葬身之地"，此后的死者便葬去别处。

那天照例天阴，冷寂无风，进得墓地已经半下午了。叶落殆尽的枯树林中，飘满蚀黄锈赤的墓地上，尽堆着一排排、一列列的石碑，都已半陷在土里，或正或斜，或倾侧而欲倒，或入土已深而只见碑顶，或出土而高欲与人齐，或交肩叠背相恃相倚，加以光影或迎或背，碑形或方或三角或繁复对称，千奇百怪，不一而足。石面的浮雕古拙而苍劲，有些花纹图案本身已恣肆淋漓，再历经风霜雨露天长地久的侵蚀，半由人雕凿半由造化磨炼，终于斑驳陆离完成这满院的雕刻大展，陈列着三百多年的生老病死，一整个民族流浪他乡的惊魂扰梦。

我们走走停停，凭吊久之，徒然猜测碑石上的希伯来古文刻的是谁的姓氏与行业，不过发现石头的质地亦颇有差异。其中石纹粗犷、苍青而近黑者乃是砂岩，肌理光洁、或白皙或浅红者应为大理石，砂岩的墓碑年代古远，大理石碑当较晚期。

"这一大片迷魂石阵，"转过头去我对天恩说，"可称为布拉格的碑林。"

"一点也不错，"天恩走近来，"可是怎么只有石碑，不见坟墓？"

茵西也走过来，一面翻阅小册子，说道："据说是石上填土，土上再立碑，共有十层之深。"

"真是不可思议。"隐地也拎着相机，追了上来。四顾不见邦媛，我存和我问茵西，茵西笑答：

"她在外面等我们呢。她说，黄昏的时候莫看坟墓。"

经此一说，大家都有点惴惴不安了，更觉得墓地的阴森加重了秋深的萧瑟。一时众人默然面对群碑，天色似乎也暗了一层。

"扰攘一生，也不过留下一块顽石。"天恩感叹。

"能留下一块碑就不错了。"茵西说，"第二次世界大战期间，纳粹在这一带杀害了七万多犹太人。这些冤魂在犹太教堂的纪念墙上，每个人的名字和年份只占了短短窄窄一小行而已——"

"真的啊？"隐地说，"在哪里呢？"

"就在隔壁的教堂，"茵西说，"跟我来吧。"

墓地入口处有一座巴洛克式的小教堂，叫作克劳兹教堂(Klaus

● ○ 第二章　关山无月

Synagogue），里面展出古希伯来文的手稿和名贵的版画，但令人低回难遣的，却是楼上收集的儿童作品。那一幅幅天真烂漫的素描和水彩，线条活泼，构图单纯，色调生动，在稚拙之中流露出童真的淘气、谐趣。观其潜力，若是加以培养，未必不能成就来日的米罗和克利。但是，看过了旁边的说明之后，你忽然笑不起来了。原来这些孩子都是纳粹占领期间关在泰瑞辛（Terezin）集中营里的小俘虏：当别的孩子在唱儿歌看童话，他们却挤在窒息的货车厢里，被押去令人呛咳而绝的毒气室，那灭族的屠场。

　　脚步沉重，心情更低沉，我们又去南边的一座教堂。那是十五世纪所建的文艺复兴式古屋，叫平卡斯教堂（Pinkas Synagogue），正在翻修。进得内堂，迎面是一股悲肃空廓的气氛，已经直觉事态严重。窗高而小，下面只有一面又一面石壁，令人绝望地仰面窥天，呼吸不畅，如在地牢。高峻峭起的石壁，一幅连接着一幅，从高出人头的上端，密密麻麻，几乎是不留余地，令人的目光难以举步，一排排横刻着死者的姓名和遇难的日期，名字用血的红色，死期用讣闻的黑色，一直排列到墙角。我们看得眼花而鼻酸。凑近去细审徐读，才把这灭族的浩劫一一还原成家庭的噩耗。我站在 F 部的墙下，发现竟有心理学家弗洛伊德的宗亲，是这样刻的：

FREUD Artur 17.V 1887−1.X 1944 Flora 24.II 1893−1.X 1944

— 105

‖ 凡是过去，皆为序曲 ‖

这么一排字，一个悲痛的极短篇，就说尽了这对苦命夫妻的一生。丈夫阿瑟·弗洛伊德比妻子芙罗拉大六岁，两人同日遇难，均死于一九四四年十月一日，丈夫五十七岁，妻子五十一岁，其时离大战结束不过七个月，竟也难逃劫数。另有一家人与汉学家佛朗科同姓，刻列如下：

FRANKL Leo 28.I 1904–26.X 1942 Olga 16.III 1910–26.X 1942 Pavel 2.VII 1938–26.X 1942

足见一家三口也是同日遭劫，死于一九四二年十月二十六日，爸爸利欧只有三十八岁，妈妈娥佳只有三十二，男孩巴维才四岁呢。仅此一幅就摩肩接踵，横刻了近二百排之多，几乎任挑一家来核对，都是同年同月同日死去，偶有例外，也差得不多。在接近墙脚的地方，我发现施莱歇尔一家三代的死期：

FLEISCHER Adolf 15.X 1872–6.VI 1943 Hermina 20.VII 1874–18.VII 1943 Oscar 29.IV 1902–28.IV 1942 Gerda 12.IV 1913–28.IV 1942 Jiri 23.X 1937–28.IV 1942

根据这一串不祥数字，当可推测祖父阿道夫死于一九四三年六月六日,享年七十一岁,祖母海敏娜比他晚死约一个半月,六十九岁那年可以说是她的忍年[1]:那一个半月她的悲恸或忧疑可想而知。至于父亲奥斯卡,母亲葛儿妲,孩子吉瑞,则早于一九四二年四月二十八日同时殒命,但祖父母是否知道,仅凭这一行半行数字却难推想。

我一路看过去,心乱而眼酸,一面面石壁向我压来,令我窒息。七万七千二百九十七具赤裸裸的尸体,从耄耋到稚婴,在绝望而封闭的毒气室巨墓里扭曲着扭扎着死去,千肢万骸向我一铲铲一车车抛来投来,将我一层层一叠叠压盖在下面。于是七万个名字,七万不甘冤死的鬼魂,在这一面面密密麻麻的哭墙上一起恸哭了起来,灭族的哭声、喊声,夫喊妻,母叫子,祖呼孙,那样高分贝的悲痛和怨恨,向我衰弱的耳神经汹涌而来,历史的余波回响卷成灭顶的大旋涡,将我卷进……我听见在战争的深处母亲喊我的回声。

南京大屠杀,重庆大轰炸,我的哭墙在何处?眼前这石壁上,无论多么拥挤,七万多犹太冤魂总算已各就各位,丈夫靠着亡妻,夭儿偎着生母,还有可供凭吊的方寸归宿。但我的同胞族人,武士刀夷烧弹下那许多孤魂野鬼,无名无姓,无宗无亲,无碑无坟,天地间,何曾有一面半面的哭墙供人指认?

---

[1] 在文学作品中常指较为艰难痛苦的那一年。——编者注

五　卡夫卡

今日留居在布拉格的犹太人，已经不多了。曾经，他们有功于发展黄金城的经济与文化，但是往往赢不到当地捷克人的友谊。最狠的还是希特勒。他的计划是要"彻底解决"，只保留一座"灭族绝种博物馆"，那就是今日幸存的六座犹太教堂和一座犹太公墓。

德文与捷克文并为捷克的文学语言。里尔克（R.M.Rilke, 1875—1926）、费尔非（Franz Werfel, 1890—1945）、卡夫卡（Franz Kafka, 1883—1924）同为诞生于布拉格的德语作家，但是前两人的交游不出犹太与德裔的圈子，倒是犹太裔的卡夫卡有意和当地的捷克人来往，并且公开支持社会主义。

然而就像他小说中的人物一样，卡夫卡始终突不破自己的困境，注定要不快乐一生。身为犹太种，他成为反犹太的对象。来自德语家庭，他得承受捷克人民的敌视。父亲是殷商，他又不见容于无产阶级。另一层不快则由于厌恨自己的职业：他在"劳工意外保险协会"一连做了十四年的公务员，也难怪他对官僚制度的荒谬着墨尤多。

此外，卡夫卡和女人之间亦多矛盾：他先后订过两次婚，都没有下文。但是一直压迫着他、使他的人格扭曲变形的，是他那壮硕而独断的父亲。在一封没有寄出的信里，卡夫卡怪父亲不了解他，使他丧失信心，并且产生罪恶感。他的父亲甚至骂他是"虫豸"（ein ungeziefer）。紧张的家庭生活，强烈的宗教疑问，不断折磨着他。在《审判》《城堡》《变形记》等作品中，年轻的主角总是遭受父权人物或当局误解、误判、虐待，甚至杀害。

就这么，这苦闷而焦虑的心灵在昼魇里徘徊梦游，一生都自困于布拉格的迷宫，直到末年，才因肺病死于维也纳近郊的疗养院。生前他发表的作品太少，未能成名，甚至临终都嘱友人布洛德（Max Brod）将他的遗稿一烧了之。幸而布洛德不但不听他的，反而将那些杰作，连同三千页的日记、书信，都编妥印出。不幸在纳粹的统治下，这些作品都无法流通。一九三一年，他的许多手稿被盖世太保没收，从此没有下文。后来，他的三个姊妹都被送去集中营，惨遭杀害。

直到五十年代，在卡夫卡死后三十年，他的德文作品才被译成了捷克文，并经苏格兰诗人缪尔夫妇（Edwin and Willa Muir）译成英文。

布拉格，美丽而悲哀的黄金城，其犹太经验尤其可哀。这金碧辉煌的文化古都，到处都听得见卡夫卡咳嗽的回声。最富于市井风味、历史趣味的老城广场（Staroměstské náměstí），有一座十八世纪洛可可式的金斯基宫，卡夫卡就在里面的德文学校读过书，他的父亲也在里面开过时装配件店。广场的对面，还有卡夫卡艺廊，犹太区的入口处，梅索街五号有卡夫卡的雕像。许多书店的橱窗里都摆着他的书，挂着他的画像。

画中的卡夫卡浓眉大眼，忧郁的眼神满含焦灼，那一对瞳仁正是高高的狱窗，深囚的灵魂就攀在窗口向外窥探。黑发蓄成平头，低压在额头上。招风的大耳朵突出于两侧，警醒得似乎在收听什么可疑、可惊的动静。挺直的鼻梁，轮廓刚劲地从眉心削落下来，被丰满而富感性的嘴唇托个正着。

布拉格的迷宫把彷徨的卡夫卡困成了一场噩梦，最后这噩梦却回过头来，为这座黄金城加上了桂冠。

六　遭窃记

布拉格的地铁也叫Metro，没有巴黎、伦敦的规模，只有三线，却也干净、迅疾、方便，而且便宜。令人吃惊的是：地道挖得很深，而自动电梯不但斜坡陡峭，并且移得很快，起步要是踏不稳准，同时牢牢抓住扶手，就很容易跌跤。梯道斜落而长，分为两层，每层都有五楼那么高。斜降而下，虽无滑雪那么迅猛，势亦可惊。俯冲之际，下瞰深谷，令人有伊于胡底之忧。

布城人口一百二十多万，街上并不显得怎么熙来攘往，可是地铁站上却真是挤，也许不是那么挤，而是因为电梯太快，加以一边俯冲而下，另一边则仰昂而上，倍增交错之势，令人分外紧张。尖峰时段，车上摩肩擦背，就更挤了。

我们一到布拉格，驻捷克代表处的谢新平代表伉俪及黄顾问接机设宴，席间不免问起当地的治安。主人笑了一下说："倒不会抢，可是扒手不少，也得提防。"大家松了一口气，隐地却说："不抢就好。至于偷嘛，也是凭智慧——"逗得大家笑了。

从此我们心上有了小偷的阴影，尤其一进地铁站，向导茵西就会提醒大家加强戒备。我在海外旅行，只要有机会搭地铁，很少放过，觉得跟当地中下层民众挤在一起，虽然说不上什么"深入民间"，至少也算见到了当地生活的某一横剖面，能与当地人同一节奏，总是值得。

有一天，在布拉格拥挤的地铁上，见一干瘦老者声色颇厉地在责备几个少女，老者手拉吊环而立，少女们则坐在一排。开始我们以为那滔滔不绝的斯拉夫语，是长辈在训晚辈，直到一位少女赧赧含笑站起来，而老者立刻向空位上坐下去，才恍然他们并非一家人，而是老者责骂年轻人不懂让座，有失敬老之礼。我们颇有感慨，觉得那老叟能理直气壮地当众要年轻人让座，足见古礼尚未尽失，民风未尽浇薄。不料第二天在同样满座的地铁车上，一位十五六岁的男孩，像是中学生模样，竟然起身让我，令我很感意外。不忍辜负这好孩子的美意，我一面笑谢，一面立刻坐了下去。那孩子"日行一善"，似乎还有点害羞，竟然半别过脸去。这一幕给我印象至深，迄今温馨犹在心头。这小小的国民外交家，一念之仁，赢得游客由衷的铭感，胜过了千言不惭的观光手册。

到布拉格第四天的晚上，我们乘地铁回旅馆。车到共和广场

（Náměsti Republicky），五个人都已下车，我跟在后面，正要跨出车厢，忽听有人大叫："钱包！钱包！"声高而情急。等我回过神来，隐地已冲回车上，后面跟着茵西。车厢里一阵惊愕错乱，只听见隐地说："证件全不见了！"整个车厢的目光都猬聚在隐地身上，看着他抓住一个六十上下的老人，抓住那老人手上的棕色提袋，打开一看——却是空的！

这时车门已自动合上。透过车窗，邦媛、天恩、我存正在月台上惶惑地向我们探望。车动了。茵西向他们大叫："你们先回旅馆去！"列车出了站，加起速来。那被搜的老人也似乎一脸惶惑，拎着看来是无辜的提包。茵西追问隐地灾情有多惨重，我在心乱之中，只朦朦意识到"证件全不见了！"似乎比丢钱更加严重。忽然，终站弗洛伦斯到了。隐地说："下车吧！"茵西和我便随他下车。我们一路走回旅馆，途中隐地检查自己的背包，发现连美金带台币，被扒的钱包里大约值五百多美金。"还好，"他最后说，"大半的美金在背包里。身份证跟签账卡一起不见了，幸好护照没丢。不过——"

"不过怎么？"我紧张地问道。

"被扒的钱包是放在后边裤袋里的，"隐地啧啧纳罕，"袋是纽扣扣好的，可是钱包扒走了，纽扣还是扣得好好的。真是奇怪！"

茵西和我也想不通。我笑说："恐怕真有三只手——一只手解纽扣，一只手偷钱，第三只再把纽扣扣上。"

知道护照还在，余钱无损，大家都舒了一口气。我忽然大笑，指着隐地说："都是你，听谢代表说此地只偷不抢，别人都没开口，你却抢着说'偷钱要靠智慧，也是应该'。真是一语成谶！"

七　缘短情长

捷克的玻璃业颇为悠久，早在十四世纪已经制造教堂的玻璃彩窗。今日波希米亚的雕花水晶，更广受各国青睐。在布拉格逛街，最诱惑人的是琳琅满目的水晶店，几乎每条街都有，有的街更一连开了几家。那些彩杯与花瓶，果盘与吊灯，不但造型优雅，而且色调清纯，惊艳之际，观赏在目，摩挲在手，令人不觉陷入了一座透明的迷宫，唉，七彩的梦。醒来的时候，那梦已经包装好了，提在你的袋里，相当重呢，但心头却觉得轻快。何况价钱一点也不贵：台币两三百就可以买到小巧精致，上千，就可以拥有高贵大方了。

我们一家家看过去，提袋愈来愈沉，眼睛愈来愈亮。情绪不断上升。当然，有人不免觉得贵了，或是担心行李重了，我便念出即兴的四字诀来鼓舞士气：

昨天太穷

> 后天太老
>
> 今天不买
>
> 明天懊恼

大家觉得有趣，就一齐念将起来，真的感到理直气壮，愈买愈顺手了。

捷克的观光局要是懂事，应该把我这《劝购曲》买去宣传，一定能教无数守财奴解其啬囊。

捷克的木器也做得不赖。纪念品店里可以买到彩绘的漆盒，玲珑鲜丽，令人抚玩不忍释手。两三千元就可以买到精品。有一盒绘的是《天方夜谭》的魔毯飞行，神奇富丽，美不胜收，可惜我一念吝啬，竟未下手，落得"明天懊恼"之讥。

还有一种俄式木偶，有点像中国的不倒翁，绘的是胖墩墩的花衣村姑，七色鲜艳若俄国画家夏加尔（Marc Chagall）的画面。橱窗里常见这村姑成排站着，有时多达十一二个，但依次一个比一个要小一号。仔细看时，原来这些胖妞都可以齐腰剥开，里面是空的，正好装下小一号的"妹妹"。

一天晚上，我们去看了莫扎特的歌剧《唐璜》（*Don Giovanni*），不是真人而是木偶所演。莫扎特生于萨尔茨堡，死于维也纳，但他的音乐却和布拉格不可分割。他一生去过那黄金城三次，第二次去就是为了《唐璜》的世界首演。那富丽而饱满的序曲正是在演出的前夕神速谱成,乐队简直是现看现奏。莫扎特亲自指挥,前台与后台通力合作,居然十分成功。可是《唐璜》在维也纳却不很受欢迎,所以莫扎特对布拉格心存感激,而布拉格也引以自豪。

一九九一年,为纪念莫扎特逝世两百周年,布拉格的国家木偶剧场(National Marionette Theatre)《唐璜》首次演出,不料极为叫座,三年下来,演了近七百场,观众已达十一万人。我们去的那夜,也是客满。那些木偶约有半个人高,造型近于漫画,幕后由人拉线操纵,与音乐密切配合,而举手投足,弯腰扭头,甚至仰天跪地,一切动作在突兀之中别有谐趣,其妙正在真幻之间。

临行的上午,别情依依。隐地、天恩、我存和我四人,回光返照,再去查理大桥。清冷的薄阴天,河风欺面,只有七八摄氏度的光景。桥上众艺杂陈,行人来去,仍是那么天长地久的市井闲情。想起两百年前,莫扎特排练罢《唐璜》,沿着栗树掩映的小巷一路回家,也是从查理大桥,就是我正踏着的这座灰砖古桥,到对岸的史泰尼茨酒店喝一杯浓烈的土耳其咖啡;想起卡夫卡、里尔克的步声也在这桥上橐橐踏过,感动之中更觉得离情渐浓。

我们提着桥头店中刚买的木偶。隐地和天恩各提着一个小卓别林,戴高帽,挥手杖,蓄黑髭,张着外八字,十分惹笑。我提的则是大眼睛翘鼻子的木偶匹诺曹,也是人见人爱。

沿着桥尾斜落的石级,我们走下桥去,来到康佩小村,进了一家叫"金剪刀"的小餐馆。店小如舟,掩映着白纱的窗景却精巧如画,菜价只有台北的一半。这一切,加上户内的温暖,对照着河上的清洌,令我们懒而又懒,像古希腊耽食落拓枣的浪子,流连忘归。尤其是隐地,尽管遭窃,对布拉格之眷眷仍不改其深。问起他此刻的心情,他的语气恬淡而隽永:

"完全是缘分,"隐地说,"钱包跟我已经多年,到此缘尽,所以分手。至于那张身份证嘛,不肯跟我回去,也只是另一个自我,潜意识里要永远留在布拉格城。"

看来隐地经此一劫,境界日高。他已经不再是苦主,而是哲学家了。偷,而能得手,是聪明。被偷,而能放手,甚至放心,就是智慧了。

于是我们随智者过桥,再过六百年的查理大桥。白鸥飞起,回头是岸。

关山无月

1

沙田山居十年之后,重回台湾,实在无心再投入台北盆地的红尘,乃卜居高雄,为了海峡的汪洋壮观、西子湾鸿蒙的落日和永不谢歇的浪花。而想起台北的朋友,最令我满足优越感的是垦丁公园就在附近。正如春到台湾总是我先嗅到、看到,要南下垦丁,先到的也总是我的捷足。所以台北的朋友每次怪而问我:"你一个人蹲在南部干什么?"我总是笑而不答。

香港朋友也觉得其中必有什么蹊跷,忍不住纷纷来探个究竟。好吃的,我就带他们去土鸡城吃烧酒鸡;好游的,就带他们去垦丁一看,无不佩服而归。

去年十二月底，金兆和环环也来探虚实。我们，宓宓和我，便带了他们，还有钟玲、君鹤、高岛，一行七人再去垦丁，向隔海的港客炫耀我们的美丽新世界。

2

到垦丁把旅舍安顿之后，高岛就催我们去关山看落日。大家姑妄听之，因为天色已经不早，而云层荫翳，难盼晚霞的奇迹。中途经过龙銮潭，只见一泓寒水映着已晡将暮的天色，那色调，像珍珠背光的一面。潭长几达两公里，大于南仁湖，是垦丁公园里最大的湖了。我们下车看湖，只觉得一片空明冷寂，对岸也只是郁郁的原始丛林，似乎是一览无余了。站久一些，才发现近南岸的沙洲上伫立着三两只苍鹭，背岸向水，像在等潜移的暮色。

"像是从辛弃疾的词里飞来的。"我不禁说。

"其实是过境的水鸟。"年轻的守湖人在背后说。

钟玲见高岛在调整望远镜，向西北方，也就是湖长的另一端不住地窥觑，问他在看什么。

"水鸭呀，"高岛得意地吟起来，"呵，有几百只呢！"

这才发现近北岸处的水面上一片密密麻麻的黑点，于是众人接过望远镜来，轮流观看。幽幽的水光在圆孔里闪来晃去，寻了一阵，才越过一丛丛水生的萤蔺草，招来了那一大群水鸭。放大了，就可见它们在波上浮动不定,黑衣下面露出白羽,头颈和身躯形成的姿态,以书法而言,介于行草之间。

"那是泽凫,"守湖人说着,把他的高倍数望远镜递给我,"跟灰面鹫一样,也是北方的远客,秋来春去。它们是潜水的能手,可是因为尾巴下垂,起飞的时候有点狼狈,在陆地上走也不方便。"

"垦丁公园的候鸟是不是很多?"宓宓问他。

"对呀,百分之四十三都是,有的匆匆在春秋过境,有的夏天才来,像泽凫跟灰面鹫这样来过冬的最多,叫冬候鸟,约占其中的百分之三十四。"

"那其余的呢?"我问。

"其余的百分之五十七都是土生的啰,叫作留鸟。"

"看来鸟世界的外来客,"我说,"比人的世界更多。"

大家都笑起来。那守湖人却说:"只希望这些可爱的过客来去自由,不至于魂断台湾,唉!"

一片噤嘿。然后我说:"但愿我将来退休后能来陪你做守湖人。"

钟玲说:"史耐德(Gary Snyder)就在美国西北部的山里做过守林人。他说,他的价值观十分古老,可以推回到新石器时代。"

"对呀,"我说,"垦丁公园应该招募一批青年诗人来做守护员,一来可以为公园驱逐盗贼和猎人,保护禽兽和草木;二来还可以体认自然,充实作品。"

"也应该包括画家和摄影家。"宓宓说着,望望君鹤和高岛。于是大家又笑了。

3

趁着暮色尚薄,我们向关山驶去。一路上坡,有时坡势颇陡。七转八弯之后,终于树丛疏处,来到一片杂有砂石的黄土坳,高岛在前车示意停下。乱石铺就的梯级上是一座宽敞的凉亭,比想象中的要坚实而有气派。大家兴奋地把车上的用具和零食搬上亭去。

"你们看哪,多开阔的景色啊!"第一个登亭的人大叫起来。

大家都怔住了。那样满的一整片水世界,一点警告也没有,猝然开展在我们的脚下。那样的袒露令人吃惊,那样无保留的显示令人惴惴,就算是倒吸一口长气吧,也绝不可能囫囵吞下。何况启示的不仅是下面的沧海,更有上面的苍天,从脚下直到天边的千叠波浪,从头顶直到天边的一层层阴云,暮色中,交接在至深至远的一线水平,更无其他。面对这无所不包的空阔荒旷,像最后的谜面也一下子揭开了,赤裸得可怕,但这样大的谜底,到底要告诉我们什么呢,反而更成谜了。神谕,赫然就在面前,渺小的我们该怎样诠释?

"你们看,"我说,"远方的水平线好像并不平直,而是弧形,好像海面有点隆起——"

经我一提，大家都左右扫描起来。也不知是否是心理作用，竟然都觉得那水平线是弯的了。这么说来，此刻我们目光扫巡的，岂不是一切形象之所托，我们这水陆大球的轮廓了？如果视界有阻或是立足不高，就不会有这种感觉。但是关山的海拔一百五十二公尺，又名高山岩，这座观景亭又建在岩边，无遮无蔽地正对着海峡，本就应该大开眼界。这样大的场面以漠漠的海天为背景，也只有落日能当悲壮的主角，可惜天阴不见落日，远处的三五只船影，贴在天边，几乎没有动静，只能算临时演员罢了。

"我从来没有一口气见过这么多水。"环环说。

大家都被她逗笑了。宓宓说，那是因为香港多港湾也多岛屿洲矶，而且渡轮穿梭，所以海景虽有曲折之胜，却无眼前这般空旷。

高岛接着说："你们知道大家脚下踩着的这一片山岩，三万年前是在海底吗？"

金兆笑说："怎么会呢？"

"是路嘉煌说的。这一带的地质是珊瑚礁岩层，从海底升上来，每年增高大约五毫米，你照算好了。他说这就叫沧海桑田。"

"这过程麻姑才看得见，"我说，"中国人一到登高临远，就会想起千古兴亡，几乎成为一种情意结。也许是空间大了，就刺激时间的敏感。陈子昂登高台，看见的不是风景，而是历史，真所谓'生年不满百，常怀千岁忧'。"

"关山这地名就令人怀古。"钟玲望着陡落的岩岸,若有所思。

高岛说:"台湾有好几处地名叫关山。"

"关山难越,谁悲失路之人,"我不禁低吟,"一提到这地名,就令人想起关山行旅,隐隐然不胜其辛劳与哀愁——"

"李白也说,"钟玲紧接下去,"梦魂不到关山难。"

"你们别再掉书袋了,"宓宓从长廊的一头走来,"天都黑下来了,晚饭怎么办呢?"

望海的眼睛全回过眸来,这形而下的问题倒是蛮重要的。有人主张回旅馆吃,有人说不如去恒春镇上。高岛坚持大家留在亭子里,由他驾车去恒春买晚餐。

"在亭子里吃,呵,最有味道!"他再三强调。

4

目送高岛驾着白色的旅行车上路之后,六个人便忙着布置起来,把零食摆满了一桌,一面等高岛回来,一面大嚼花生。也许真的饿了,也许人多热闹,更因为高亭危岩,海天茫茫而又四围夜色,众人在兴奋之中又带点悲恐,花生就分外津津可口。君鹤在一旁专司掌灯,把高岛带来的强力瓦斯灯唰的一下点亮,黑暗,跟跟跄跄地一把给推出亭去,而亭柱和栏杆的阴影,长而暧昧地也给分掷出去,有的,就连亭外的树影,一起扑向附近的岩壁。

于是周围好几公里的混沌夜色，平白被我们挖出一个光之洞来，六个人就像史前人一样，背着原始的暗邃，聚守在洞里。

隐隐传来马达的律动。接着一道强光向我们挥来。

"高岛回来了。"大家欢呼。有人站了起来。

那道光扫过亭柱，一排排，狂嚣的引擎声中，曳着一团黑影，掠亭而去，朝猫鼻头的方向。

"是摩托车。"君鹤说。

"高岛还不回来，"钟玲嘀咕，"饿死人了。"

宓宓安慰她说，开车费时，还得点菜呀，还得等呢。高岛最负责任了，很快就会回来的。不知是谁建议，大家轮流追述平生吃过的最美味之菜。立刻有人反对，说这不是整冤枉吗，愈夸愈馋，愈馋愈饿。

"这样吧，"我说，"此情此景，正是讲鬼故事的好地方。不如开讲吧，用恐怖来代替饥饿。"

"那也好不到哪里去。"哄笑声中钟玲反对说。

"你这个人哪，饿也饿不得，吓也吓不得，由不得你了。从前，有一个行人投宿在一家小野店里。那家店陈设简陋，烛火幽暗，临睡之前那路客对着一面烟昏暧昧的旧镜子刷牙。他张口露齿，镜中也有人张口露齿。他挥动牙刷，镜中人也挥动牙刷。他神经质地对镜苦笑，镜中人也报以苦笑。他把嘴闭起，镜中人也——不，却不闭嘴。他一惊，觉得一股冷风飕飕从镜中吹来，伸手一摸，却不是一面镜子——"

众人大叫一声,瓦斯灯也跟着一暗。

"是什么?"环环有点歇斯底里了。

"是一扇窗子!"

三个女人一声尖叫,君鹤与金兆也面容一肃,然后迸发出一片笑声。不料首灯炯炯探射而来,高岛开车回来了。大家立刻起身欢迎,一阵欣喜的纷乱之后,得来不易的迟到晚餐终于布就,这才发现,除了一大盘香喷喷的烤鸭之外,每人得便当一盒。掀开盒盖,有雪白的热饭,有排骨肉一大块、卤蛋一个、白菜多片。在众人的赞美声中,高岛更兴致勃勃,为每人斟了一杯白兰地。快嚼正酣,忽然有人叹说可惜无汤。

"有啊,"高岛说着,从暗影里的木条凳上提来两个晃荡荡的袋子。大家一看,原来是盛满液汁的塑料袋,袋口用绳子扎紧。"大的一袋是味噌汤,小的一袋是鱼汤。"

"太好了,太好了,"金兆叹赏道,"在台湾旅行真是方便,不但自己开车,而且随处流连。在别处,哪里由得你要什么有什么,还临时去店里买呢。"

"在香港,你们也没有这么玩过吧?"我说。

"是啊,"环环说,"从没像今天这么尽兴。"

终于吃完了,大家起身舒展一下,便在凉亭里来回散步。这亭子全用桧木建成,没有上漆的原色有一种木德温厚的可亲之感,和周围的景物十分匹配。建筑本身也方正纯朴，排柱与回栏井然可观，面积也相当广阔，可容三四十人。亭底架空，柱基却稳如磐石，地板铺得严密而实在，走在上面，空铿铿的，触觉和听觉都很愉快。这亭子若非虚架而高，坐在里面也就没有这种凌越一切而与海天相接的意气。垦丁公园的设计，淡中有味，平中见巧，真是难得。

众人都靠在面海的长栏杆上，静对夜色。高岛走回亭中，把挂在梁上的灯熄掉。没有缺口的黑暗恢复了完整。几分钟的不惯之后，就发现名为黑暗的夜色其实只是蒙昧，浅灰而微明，像毛玻璃那么迟钝，但仍能反衬出山头和树顶蠢蠢欲动的轮廓。海面一片沉寂，一百多公尺的陡坡下是颇宽的珊瑚礁岸，粗糙而黝黑，却有一星火光，像是有人在露营。浅弧的岸线向北弯，止于一角斜长的岬坡，踞若猛兽。

"那便是大平顶，"高岛说，"比我们这边还高。"

"那么岸边低处那一堆灯火是什么村庄呢？"

"哦，那是红柴坑。"高岛说。

"近处的灯火是红柴坑，"君鹤说，"远一点的，恐怕是——蚵广嘴。"

真是有趣的地名，令人难忘。民间的地名总是具体而妥帖的，官方一改名往往就抽象空洞了。众人看完了海岸，又回过头来望着背后的山头，参差的树顶依然剪影在天边，而天色不黑下来，反而有点月升前的薄明。徒然期待了一阵子，依然无月。

"幸好没有什么风，"君鹤说，"否则在这高处会受不了。"

"可惜也没有月亮，"我说，"否则就可看关山月了。"

"不过今晚还是值得纪念的。"高岛说着，无中生有地取出一把口琴来，吹起豪壮的电影曲《大江东去》。毕竟是口琴，那单薄而纯情的金属颤音在寒悠悠的高敞空间，显得有些悲凉。钟玲、宓宓和我应着琴韵唱了起来。"大江东去，江水滔滔不回头，啊，不回头……"金兆和环环默然听着，不知道他们在想些什么。也许是他们的年轻时代吧！那时，他们还在海峡的对岸，远远在北方，冬之候鸟，泽凫和伯劳，就从那高纬飞来。有时候，一首歌能带人到另一个世界。

口琴带着我们，又唱了几支老歌。歌短而韵长，牵动无穷的联想。然后一切又还给了岑寂与空旷。红柴坑和蚵广嘴的疏灯，依然在脚底闪烁，应着远空的星光两三。酒意渐退，而海天无边无际的压力却越来越强。经过一番音乐之后，尽管是那么小的乐器，那么古远的歌，我们对夜色的抵抗力却已降到最低。最后是钟玲打了一个喷嚏，高岛说：

"明天一早还要去龙坑看日出，五点就起床。我们回去吧。"

满亭星月

关山西向的观海亭，架空临远，不但梁柱工整，翼然有盖，而且有长台伸入露天，台板踏出古拙的音响，不愧为西望第一亭。首次登亭，天色已晚，阴云四布，日月星辰一概失踪，海，当然还在下面，浩瀚可观。再次登亭，不但日月双圆，而且满载一亭的星光。小小一座亭子，竟然坐览沧海之大，天象之奇，不可不记。

那一天重到关山，已晡未暝，一抹横天的灰霭遮住了落日。亭下的土场上停满了汽车、摩托车，还有一辆游览巴士。再看亭上，更是人影杂沓，衬着远空。落日还没落，我们的心却沉落了。从高雄南下的途中，天气先阴后晴，我早就担心那小亭有人先登，还被宓宓笑为患得患失。但眼前这小亭客满的一幕，远超过我的预期。

同来的四人尽皆失望，只好暂时避开亭子，走向左侧的一处悬崖，观望一下。在荒苇乱草之间，宓宓和钟玲各自支起三脚高架，调整镜头，只等太阳从霭幕之后露脸。摄影，是她们的新好癖（hobby），颇受高岛的鼓舞。两人弯腰就架，向寸镜之中去安排长天与远海，准备用一条水平线去捕落日。那姿势，有如两只埋首的鸵鸟。我和维梁则徘徊于"鸵鸟"之间，时或踯躅崖际，下窥一落百尺的峭壁与峻坡，尝尝危险边缘的股栗滋味。

暮霭开处，落日的火轮垂垂下坠，那颜色，介于橘红之间，因为未能断然挣脱霭氛，光彩并不十分夺目，火轮也未见剧烈滚动。但所有西望的眼睛却够兴奋的了。"两只鸵鸟"连忙捕捉这"名贵"的一瞬，亭上的人影也骚动起来。十几分钟后，那一球橘红还来不及变成酡红，又被海上渐浓的灰霭遮拥而去。这匆匆的告别式不能算是高潮，但黄昏的主角毕竟谢过幕了。

"这就是所谓的关山落日。"宓宓对维梁说。

"西子湾的落日比这壮丽多了，"我说，"又红又圆，达于美的饱和。就当着你面，一截截，被海平面削去。最后一截也沉没的那一瞬，真恐怖，宇宙像顿然无主。"

"你看太阳都下去了，"钟玲怨道，"那些人还不走。"

"不用着急，"我笑笑说，"再多的英雄豪杰，日落之后，都会被历史召去。就像户外的顽童一样，最后，总要被妈妈叫回去吃晚饭的。"

于是我们互相安慰,说晚饭的时间一到,不怕亭上客不相继离开。万一有人带了野餐来呢?"不会的,亭上没有灯,怎么吃呢?"

灰霭变成一抹红霞,烧了不久,火势就弱了下去。夜色像一只隐形的大蜘蛛在织网,一层层暗了下来。游览巴士一声吼,亭上的人影晃动,几乎散了一半。接着是摩托车暴烈地发作,一辆尾衔着一辆,也都蹿走了。扰攘了一阵之后,奇迹似的,留下一座空亭给我们。

一座空亭,加上更空的天和海,和崖下的几里黑岸。

我们接下了亭子,与海天相通的空亭,也就接下了茫茫的夜色。整个宇宙暗下来,只为了突出一颗黄昏星吗?

"你看那颗星,"我指着海上大约二十度的仰角,"好亮啊,一定是黄昏星了。比天狼星还亮。"

"像是为落日送行。"钟玲说。

"又像夸父在追日。"维梁说。

"黄昏星是黄昏的耳环。"宓宓不胜羡慕,"要是能摘来戴一夜就好了。"

"落日去后,留下晚霞,"我说,"晚霞去后,留下来星。众星去后——"

"你们听,海潮。"宓宓打断我的话。

一百五十公尺之下,半里多路的岸外,传来浑厚而深沉的潮声,大约每隔二十几秒钟就退而复来,那间歇的骚响,说不出海究竟是在叹气，还是在打鼾，总之那样的肺活量令人惊骇。更说不出那究竟是音乐还是噪声，无论如何，那野性的单调却非常耐听。当你侧耳，那声音里隐隐可以参禅、悟道，天机若有所示。而当你无心听时，那声音就和寂静浑然合为一体，可以充耳不闻。现代人的耳朵饱受机器噪声的千灾百劫，无所逃于都市之网，甚至电影与电视的原野镜头，也躲不过粗糙而嚣张的配音。录音技巧这么精进，为什么没有人把海潮的天籁或是青蛙、蟋蟀的歌声制成录音带，让向往自然而不得亲近的人在似真似幻中陶然入梦呢？

正在出神，一道强光横里扫来，接着是车轮碾地的声音，高岛来了。

"你真是准时，高岛。"钟玲走下木梯去迎接来人。

"正好六点半，"宓宓也跟下去，"晚餐买来了吗？"

两个女人帮高岛把晚餐搬入亭来。我把高岛介绍给维梁。大家七手八脚地在亭中的长方木桌上布置食品和餐具，高岛则点亮了强力瓦斯灯，用一条宽宽的帆布带吊在横梁上。大家在长条凳上相对坐定，兴奋地吃起晚餐来。原来每个人两盒便当，一盒是热腾腾的白饭，另一盒则是排骨肉、卤蛋和咸菜。高岛照例取出白兰地来，为每人斟了一杯。不久，大家都有点脸红了。

"你说六点半到就六点半到，真是守时。"我向高岛敬酒。

"我五点钟才买好便当从高雄出发呢，"高岛说着，得意地呵呵大笑，"一个半钟头就到了。"

"当心超速罚款。"宓宓说。

"台湾的公路真好，"维梁喝一口酒说，"南下垦丁的沿海公路四线来去，简直就是高速大道，岂不是引诱人超速吗？"

"这高雄以南渐入佳境，可说是另成天地，"我自鸣得意了，"等明天你去过佳乐水、跳过迷石阵再说。你回去后，应该游说述先、锡华、朱立他们，下次一起来游垦丁。"

高岛点燃瓦斯炉，煮起功夫茶来。大家都饱了，便起来四处走动，终于都靠在面西的木栏杆上，茫然对着空无的台湾海峡。黄昏星更低了，柔亮的金芒贴近水面。

"那颗星那样回顾着我们，"钟玲近乎叹息地说，"一定有它的用意，只是我们看不透。"

"你们看，"宓宓说，"黄昏星的下面，海水有淡幽幽的倒影。那，飘飘忽忽的，若有若无，像曳着一条反光的尾巴。"

"真的，"我说着，向海面定神地望了一会儿，"那是因为今晚没风，海面平静，倒影才稳定成串。要是有风浪，就乱掉了。"

不知是谁"咦"的一声轻微的惊诧，引得大家一起仰面。天哪，竟然有那么多星，神手布棋一样一下子就布满了整个黑洞洞的夜空，斑斑斓斓那么多的光芒，交相映照，闪动着恢恢天网的，噢，当顶罩来的一丛丛银辉。是谁那么阔、那么气派，夜夜在他的大穹顶下千蕊吊灯一般亮起那许多的星座？而尤其令人惊骇莫名的，是那许多猬聚的银辉金芒，看起来热烈，听起来却冷清。那么宏观，唉，壮观的一大启示，却如此静静地向你展开。明明是发生许多奇迹了，发生在那么深长的空间，在全世界所有的塔尖上、屋顶上、旗杆上，却若无其事地一声也不出。因为这才是永谜的面具，宇宙的表情，果真造物有主，就必然在其间或者其后。这就是至终无上的图案，一切的封面也是封底，只有它才是不朽的，和它相比，世间的所谓千古杰作算什么呢？在我生前，千万万年，它就是那样子了，而且一直会保持那样子，到我死后，复千万万年。此事不可思议，思之令人战栗而发颤。

"从来没有见过这么多星。"宓宓呆了半晌说道。

"这亭子又高又空，周围几里路什么灯也没有，"高岛煮好茶，也走来露台上，"所以该见到的星都出现了。我有时一个人躺在海边的大平石上仰头看星，呵，令人晕眩呢。"

"啊，流星——"宓宓失声惊呼。

"我也看到了！"维梁也叫道。

"不可思议，"钟玲说，"这星空永远看不懂、猜不透，却永远耐看。"

"你知道吗？"我说，"这满天星斗并列在夜空，像是同一块大黑板上的斑斑白点，其实，有的是远客，有的是近邻。这只是比较而言，所谓近邻，至少也在四个光年以外——"

"四个光年？"高岛问。

"就是光在空间奔跑四年的距离。"维梁说。

"太阳光射到我们眼里，大约八分钟，照算好了，"我说，"至于远客，那往往离我们几百甚至几千光年。也就是说，眼前这些星灿以繁，虽然同时出现，它们的光向我们投来，却长短参差，先后有别。譬如那天狼星吧，我们此刻看见的其实是它八年半以前的样子。远的星光，早在李白甚至老子的时代就动身飞来了——"

"哎哟，不可思议！"钟玲叹道。

"那一颗是天狼星吧？"维梁指着东南方大约四十多度的仰角说。

"对啊，"宓宓说，"再上去就是猎户座了。"

"究竟猎户座是哪些星？"钟玲说。

"那，那三颗一排，距离相等，就是猎人的腰带。"宓宓说。

"跟它们这一排直交而等距的两颗一等星，"我说，"一左一右，气象最显赫的是，你看，左边的参宿四和右边的参宿七——"

"参商不相见。"维梁笑道。

"哪里是参宿四？"钟玲急了，"怎么找不到？"

"那，红的那颗。"我说。

"参宿七呢？"钟玲说。

"右边那颗，青闪闪的。"宓宓说。

"青白而晶明，英文叫 Rigel，海明威在《老人与海》里特别写过。那，你拿望远镜去看。"

钟玲举镜搜索了一会儿，咯咯笑道："镜头晃来晃去，所有的星像虫子一样扭动,真滑稽!到底在哪儿——噢,找到了!像宝石一样,一红一蓝。那颗艳红的,呃,参宿四,一定是火热吧?"

"恰恰相反,"我笑起来,"红星是氧气烧光的结果,算是晚年了。蓝星却是旺盛的壮年。太阳已经中年了,所以发金黄的光。"

"有没有这回事啊?"宓宓将信将疑。

"骗人!"钟玲也笑起来。

"信不信随你们,自己可以去查天文书啊。"我说,"那,天顶心就有一颗赫赫的橘红色一等星,绰号金牛眼,the Bull's eye。看见了没有?不用望远镜,只凭肉眼也看得见的——"

"就在正头顶,"维梁说,"鲜艳极了。"

"这金牛的红眼火睛英文叫 Aldebaran,是阿拉伯人给取的名字,意思是追踪者。'Al'只是冠词,'debaran'意为'追随'。阿拉伯人早就善观天文,西方不少星的名字就是从阿拉伯人那儿来的。"

"据说埃及和阿拉伯的天文学都发达得很早。"维梁说。

"也许是沙漠里看星,特别清楚的关系。"宓宓说。

大家都笑了。

钟玲却说:"有道理啊,空气好,又没有灯,像关山一样……不过,阿拉伯人为什么把金牛的火睛叫作追踪者呢?追什么呢?"

"追七姐妹呀。"我说。

"七姐妹在哪里?"高岛也有了兴趣。

"就在金牛的前方，"我说，"那，大致上从天狼星起，穿过猎户的三星腰带，画一条直线，贯透金牛的火睛，再向前伸，就是七姐妹了——"

"为什么叫七姐妹呢？"两个女人最关心。

"传说原是巨人阿特力士和水神所生。七颗守在一堆，肉眼可见——"我说。

"啊，有了，"钟玲高兴地说，"可是——只见六颗。"高岛和维梁也说只见六颗。

"我见到七颗呢。"宓宓得意地说。

高岛从钟玲手里取过望远镜，向穹顶扫描。

"其中一颗暗些，"我说，"据说有一个妹妹不很乖，躲起来了——"

"又在即兴编造了。"宓宓笑骂道。

"真是冤枉，"我说，"自己不看书，反说别人乱编。其实，天文学入门的小册子不但有知性，更有感性，说的是光年外的事，却非常多情。我每次看，都感动不已——"

"啊，找到了，找到了！"高岛叫起来，"一大堆呢，岂止七颗，十几颗。啊，漂亮极了。"他说着，把望远镜又传给维梁。维梁看了一会儿，传给钟玲。

"颈子都扭酸了，"钟玲说，"我不看了。"

"进亭子里去喝茶吧。"宓宓说。

大家都回到亭里,围着厚笃笃的方木桌,喝起冻顶乌龙,嚼起花生来。夜凉逼人,岑寂里,只有陡坡下的珊瑚岩岸传来一阵阵潮音,像是海峡在梦中的脉搏,声动数里。黄昏星不见了,想是追落日而俱没,海峡上昏沉沉的。

"虽然冷下来了,但幸好无风。"钟玲说。

忽然一道彪悍的巨光,瀑布反泻一般,从岸边斜扫上来,一下子将我们淹没。惊愕回顾之间,说时迟,那时快,又忽然把光瀑猛收回去。

"是岸边的守卫。"从炫目中定过神来,高岛说。

"吓了我一跳。"钟玲笑道。

"以为我们是私枭吧,照我们一下。"宓宓说。

"要真是歹徒的话,"高岛纵声而笑,"啊,早就狼狈而逃了,还敢坐在这里喝冻顶乌龙?"

"也许他们是羡慕我们,或者只是打个招呼吧。"维梁说。

"其实他们可以用高倍的望远镜来监视我们,"宓宓说,"我们又不是——咦,你们看山上!"

大家齐回过头去。后面的岭顶,微明的天空把起伏参差的树影反托得颇为突出。天和山的接界,看得出有珠白的光从下面直泛上来,森森的树顶越来越显著了,夜色似有所待。

"月亮要出来了!"大家不约而同地叫了起来。

"今天初几?"宓宓问。

"三天前是元宵节，"维梁说，"今天是十八。"

"那，月亮还是圆的，太好了。"钟玲高兴地说。

于是大家都盼望起来，情绪显然升高。岭上的白光越发涨泛了，一若脚灯已亮而主角犹未上场，令人兴奋地翘企。高岛索性把悬在梁上的瓦斯灯熄掉，准备迎月。不久，纠结的树影开出一道缺口，银光迸溢之处，一线皎白，啊不，一弧清白冒了上来。

"出来了，出来了。"大家欢呼。

不负众望，一番腾滚之后终于跳出那赤露的冰轮。银白的寒光拂满我们一脸，直泻进亭子里来，所有的栏柱和桌凳都似乎浮在光波里。大家兴奋地拥向露天的长台，去迎接新生的明月。钟玲把望远镜对着山头，调整镜片，窥起素娥的隐私来。宓宓赶快撑起三脚架，朝脉脉的清辉调弄相机。维梁不禁吟哦张九龄的句子：

灭烛怜光满，披衣觉露滋……

钟玲问我要不要"窥月"，把望远镜递给了我。

"清楚得可怕，简直无缺陷之美。"她说。

"不能多看，"宓宓警告大家，"虽然是月光，也会伤眼睛的。"

我把双筒对准了焦距，一球水晶晶的光芒忽然迎面滚来，那么硕大而逼真，当年在奔月的途中，嫦娥一定也见过此景吧？伸着颈，仰着头，手中的望远镜无法凝定，镜里的大冰球在茫茫清虚之中更显得飘浮而晃荡。就这么永远流放在太空，孤零零地旋转着荒凉与寂寞。日月并称，似乎匹配成一对。其实，地球是太阳的第三子，月球却是地球的独女，要算是太阳的孙女了。这羞怯的孙女，面容虽然光洁丰满，细看，近看，尤其在望远镜中，却是个麻脸美人。

"真像个雀斑美人。"宓宓对着三脚架顶的相机镜头赞叹道。

"对啊，一脸的雀斑。"我连忙附和，同时觉得刚才的评断太唐突了。

"古人就说成是桂影吧。"维梁说。

"今人说成是陨星穴和环形山。"我应道。

"其实呢，月亮是一面反光镜。"宓宓说。

"对呀，一面悬空的反光镜，把太阳的黄金翻译成白银。"钟玲接口。

"说得好！说得好！"高岛纵声大笑。

"这望远镜好清楚啊，"我说，"简直一下子就飞纵到月亮的面前，再一纵就登上冰球了。要是李白有这么一架望远镜——"

"他一定兴奋得大叫起来！"维梁笑说。

"你看，在月光里站久了，"我说，"什么东西都显得好清楚。宋朝诗人苏舜钦说得好：'自视直欲见筋脉，无所逃遁鱼龙忧。'海上，一定也是一片空明了。"

"你们别尽对着山呀！这边来看海！"宓宓在另一边栏杆旁

叫大家。

空茫茫的海面，似有若无，流泛着一片淡淡的白光，照出庞然隆起的水弧。月亮虽然是太阳的回光返照，却无意忠于阳光。它所投射的影子只是一场梦。远远地在下方，台湾海峡笼在梦之面纱里，那么安宁，不能想象还有走私客和偷渡者出没在其间。

"你们看，海面上有一大片黑影。"宓宓说。

大家吓了一跳，连忙向水上去辨认。

"不是在海上，是在岸上。"高岛说。

陡坡下面，黑漆漆的珊瑚礁岸上，染了一片薄薄的月光。但靠近坡脚下，影影绰绰，却可见一大片黑影，那起伏的轮廓十分暧昧。

"那是什么影子呢？"大家都迷惑了。

"那是——啊，我知道了，"钟玲叫起来，"那是后面山头的影子！"

"毛茸茸的，是山头的树林。"宓宓说。

"那……我们的亭子呢？"维梁说。

"让我挥挥手看。"高岛说着，把手伸进皎洁的月光，挥动起来。

于是大家都伸出手臂，在造梦的月光里，向永不歇息的潮水挥舞起来。

‖ 凡是过去，皆为序曲 ‖

雪浓莎

1

一过了奥尔良，左侧的林木疏处，卢瓦尔河的清流便蜿蜒在望了。树色与水光映入眉眼，看不尽法国中北部平原上的明媚风景。车厢里的帷幔和靠背椅，一律是鲜丽的草莓红，跟窗外的绿野对照得十分热闹。看得出，外面的气候渐渐暖了。我说"外面的气候"，因为窗内有冷气。但是空调十分适中，不到砭人肌骨的程度，而且根本不放音乐。就凭这一点，法国的高速火车比西欧各国都安静而高雅。

正是七月下旬的半下午，火车向西南平稳而迅捷地驶行，正对着渐斜的太阳。我们是从卢昂穿越巴黎而南下，目的地呢，到现在还没有决定。说来似乎好笑，因为我们太贪心了，想在两天之内访遍卢瓦尔河中游的古堡。从奥尔良到昂舍（Angers），两百多公里的路程，散布在卢瓦尔河谷地（Val de Loire）的大小城堡，多达二十几座，简直像一部摊开来的法国文艺复兴史，要一一看尽，至少也得半个月。我向摊在膝头的精美风景画册，念咒一般喃喃念着那些鼻音丰浓的名字：Chinon, Chaumont, Chambord, Chenonceau…委实拿不定主意，究竟要去哪里。要是听画册的话，那就任何古堡都不可放弃。

"布卢瓦到了！"车掌隆重地报告站名。我们一跃而起，拎着行囊跳下了火车。

2

我和宓宓挑中了布卢瓦（Blois），因为这里的城堡不但历史悠久，地位重要，而且正在铁路所经，和附近的几个城堡距离也颇适中。早在中世纪时，布卢瓦的伯爵就曾拥有沙特、都尔、香槟、布丽等地，可谓雄踞一方。十六世纪末，吉斯公爵谋反事泄，被法王亨利三世召入堡中，伏兵刺杀。领导七星派的诗人龙沙（Pierre de Ronsard）在这座堡中首次惊艳于柯珊黛。而美第奇的凯瑟琳（Catherine de Medici），贵为三位法王的母后，也死于此。

宓宓眼尖，一出火车站就瞥见租车行的广告。我们决定租车。

车行的小姐拿出价目表来，我们选了一辆1600cc的塔尔波，每天租金一百九十八法郎，外加每公里两法郎。这价钱当然贵些，但是自己开车，总是方便多了。循着布卢瓦的街图，我们很快就驶到了城堡。站在沙石铺地的中庭，我们四顾盘盘囷囷的巍峨建筑，只觉其钩心斗角，目不暇接，而茫然若失。这繁复而交错的建筑，东边有墙有堡，是十三世纪古城的遗迹。北边是文艺复兴时代改建的王宫，精美而有意大利风。西边和南边依次是十六世纪和十七世纪加建的厢房。要把其间的关系一一辨明，恐怕不可能。卢瓦尔流域的所谓古堡，早期为堡，后期为宫，往往历时好几个世纪才陆续建成，风格和用途也历经变化，真是一言难尽其状。我们付了入场费，上楼匆匆巡礼一遍。最吸引我的是诗人龙沙的一幅画像。据说龙沙出身高贵而又仪容不凡，却因十六岁时一场重病耳朵重听，只好放弃外交生涯，潜心钻研古典文学。画中人果然神采出众，令人四百年后为之低回。

但是夏日已斜，古堡尚多，宓宓和我也无心久留，五点多钟便驶出布卢瓦，沿着卢瓦尔河岸西行。正是仲夏的季节，早上在北部的卢昂，塞纳河边还寒风欺人，要穿厚厚的毛衣。在巴黎，夏夜也冷得要盖棉被，何况卢昂还在巴黎以北。但是一到卢瓦尔河流域，风势忽然小了，空气里有一种香软柔驯的触觉，艳阳落到肌肤上，温暖而不燠燥，令人半困半醒，简直是小阳春的味道。四望是苍翠盈目的坦坦平野，要不是卢瓦尔河水蜿蜿的净蓝在中间流过，这无边的绿原真成了一张豪阔的巨毡，诱人五体投地，把自己交给浑然而酣的午寐了。

我摇下车窗，迎来轻轻拂面的河风。河水静静地向西流，一点漪沦也看不出，似乎并不急于赶赴大西洋的盛会。我们顺流而驶，从容观赏河景和水浅处一片片白净的沙洲。忽然一大簇高下相拥的堡屋巍然逼现在对岸，米黄的高墙上拔起铁灰的圆锥塔顶，像戴着一顶顶武士的高盔，阳光映在上面，令人想象铠甲上凛凛的寒光。更近时，才发现城堡是雄踞在一片坡上，屋顶峭然而高，四角拱卫着圆仓一般的堡垒，盔形顶下半掩着一排排的箭孔，像犹在眈眈监视的眼睛。

"是安布瓦斯吗？"我减低车速，兴奋地问道。

"我看哦，"宓宓垂首向地图，"恐怕还不是，嗯，是肖蒙。"

"Chaumont？真的呀？他们说这是拿破仑流放斯泰尔夫人的地方。"

"图上说，黛安娜被逐出雪浓莎后，也给安置在这座堡里。"

"这里面的女人都不快乐。"我望着那一叠森森的铁灰顶说。

"要不要过河去看看呢？"宓宓问。

"趁天色还早，先去安布瓦斯吧。这座堡，回程的时候再看。"

二十分钟后，另一簇城堡峨然在对岸升起，那一大片尖塔、拱门、圆堡、方楼、十字架和神秘的窄窗，凌驾在前景的三层低屋之上，那古今并列的时差之感，在晴艳艳的碧空下面，更显得突兀离奇。催眠似的,我们仰瞻着这幢幢幻象,迎面驶过了河去。在小镇的街巷阵里寻路,好不容易找到堡门,已经六点钟刚过,早关闭了。卢瓦尔河谷的这些古堡,在仲夏的金阳里做中世纪的大梦,闭馆谢客的时间都很早,有的四点半就重门深掩了。站在峡谷一样的街上,我们只能隔着斑驳而粗糙的古石堡墙,引颈窥望里面伸出来的宫屋峭顶和峥嵘的塔尖。夕阳照在荒堞和杂草上,一切都悄然,只有三五只燕子绕城飞回,偶尔,听得到鸦在噪晚。

隔着十仞的高墙不能一窥安布瓦斯的故宫,觉得特别可惜,因为达·芬奇不但在此度过他最后的四年,而且在此逝世。法王弗朗索瓦一世安置大师住在皇宫旁边的屋里,把他当作老师,甚至称他为父。《蒙娜丽莎》便是弗朗索瓦一世以一万两千镑向他买的,但在大师死前两年一直把它挂在自己房里。达·芬奇晚年设计了不少神奇的机器,包括未来的飞机、汽车、战车、平旋桥和直升机,不一而足,按图制造的那些模型可惜也看不到了。

"要不要就在镇上找旅馆住下,明天再进去看呢?"宓宓说。

我打量太阳,还不算怎么偏西,想了一下说:"天色还早,我们不如赶路去雪浓莎吧。如果再错过雪浓莎,就太可惜了。"

夏天在法国,天黑得很晚。在巴黎,太阳要九点半才落到地平线上,像一只好艳好旺的火球。南行不久,我们就逆着卢瓦尔的支流雪耳河,一路向东。这卢瓦尔河中游的夏晚,宁静而且悠长,空气清爽而无风,晴空里充满了夕照,像净蓝的缸里流转着纯金。

我们的浅蓝色塔尔波顺着平直的乡道,在鲜黄的向日葵田里驶过,只为了追寻传奇的背影。雪浓莎,魔咒一般的三音节,多么柔丽而哀艳的名字。Chenonceau,那充满回音与联想的古堡,真的在暮色的深处等着我们吗?

3

法文"chateau"一词,相当于英文的 castle,同为城堡之意,但是 chateau 尚有宫殿的意思,所以把这个字叫作古堡,有时候未必妥当。因为法国的一些城堡维修得美轮美奂、金碧迷人,绝非断垣残壁、铜驼荆棘的萧条景象。同时在古代的堡垒和戍楼旁边,往往还建有教堂和华丽的宫殿,做诸侯的府邸,所以往往城多于堡,并不限于军事的用途。

法国的城堡何以集中在卢瓦尔河的中游?而卢瓦尔河谷的城堡又何以如此名贵?其中的原因不妨从地理和历史来分析。原来卢瓦尔河谷盛产白垩,其地质早在八千万年以前就已形成,这种石料色若乳脂而光洁可爱,正好用来建筑。中世纪时已经有雕刻家和建筑师采用此石,但是拿来建宫造堡却是十六世纪以后的风气。

英法之间的所谓"百年战争"(Hundred Years' War,1337—1453),断断续续,其实打了不止一百年。十五世纪初叶,卢瓦尔河以北之地大半沦于英军及其友军柏根地人,甚至巴黎都失守达十六年之久(1420—1436),简直四倍于纳粹时代。圣女贞德乞兵勤王的时候,法国皇太子查理七世的偏安之局,就是依赖卢瓦尔河谷的希农城堡(Chinon)。战后,法国北部一片荒凉,沦于无政府的混乱状态,历经查理七世与路易十一世两朝的重建,始得恢复。

这时意大利的文艺复兴正在开始,路易十一世之子,法王查理八世(Charles VIII,1470—1498)出征意大利,对该地的宫堡十分赞赏,觉得比起那种开敞而明亮的建筑风格来,自己国内的壁垒实在太阴冷闭塞了。那时法国的城堡多为百年战争的残余,坚壁清野的实用远重于宴游的享受,当然要厚其高墙、窄其长窗。查理八世回国的时候,索性带了那不勒斯的漆工和石匠,在安布瓦斯营造精美的新宫。他兴匆匆地收集了许多珍玩、绘画和家具,准备把文艺复兴引到北方,不幸有一天误撞艺廊的低楣,竟而夭亡。

继承这一股意大利热的法王,是好大喜功的弗朗索瓦一世。于文于武,这位君王都不甘寂寞。他不但师事达·芬奇,更鼓励切利尼与拉伯莱,对于文艺的支持不遗余力。他一生不服神圣罗马帝国的查理五世,屡挑战端,却每次败北。但值得纪念的是,他完成了安布瓦斯的新堡,并着手兴建宏伟而繁复的香波堡(Chambord)。这就是法国文艺复兴风格的开端。卢瓦尔河两岸城堡的兴建维持了两百多年,例如布瑞沙克(Brissac)和雪维尼

（Cheverny）二堡便建于十七世纪，而有"马城"之称的索米尔（Saumur），始筑于十四世纪，后来历经内部改装与扩张，终于在一七七一年成为一所骑术学校。

有些城堡早在中世纪就已建好，例如昂舍与朗赛（Langeais）就是十三世纪的贤君路易九世，俗称圣路易（Saint Louis, 1214—1270）者所建。朗赛其实建得更早，到圣路易朝才予改建。这些中世纪的古堡多属罗马式或哥特式，墙壁粗糙而色调阴郁，像是斑斑驳驳的史迹，外貌的特点是仓库一般的圆筒堡身和又少又狭的长窗。我在苏格兰住过一夕的达豪西堡（Dalhousie）正属此类，也难怪法国的君王要艳羡意大利的南国迷宫了。

这么多的城堡里面，以景观而言美得匪夷所思，以历史而言又最动人绮念遐想的，却首推雪浓莎，原名Chenonceau，所以"莎"要读"梭"，才有法国味。早在十三世纪，雪浓莎就已是马克家族的庄园。到了一五一二年，其后人因偿重债而被迫售产，诺曼底省的财务官波叶（Thomas Bohier）用一万两千五百镑买了下来。当时的雪浓莎只是一座围有堡垒的庄宅，建在卢瓦尔河的支流雪耳（Cher，法文有"亲爱"之意）河畔，岸边还有一座磨坊，基础就嵌在河底的花岗石里。这种雉堞严峻的老式堡垒，在百年战争的乱世固然便于防守，但到了太平盛世要用来狩猎宴游，却嫌不够舒适、开敞。波叶把古堡拆除，只留下屹然的堡核（keep）；而取代河上磨坊的，是一座文艺复兴早期风格的方宫，楼高三层，四角拱卫着圆身灰顶的尖塔。波叶夫妇不但富于资财，也饶有想象，对于着手改建的新堡寄望甚高，似乎已有预感，自己身后名随堡传。

波叶随弗朗索瓦一世出差到意大利，为陆军采购军需品，他的夫人凯瑟琳便在家监督改建的工程。不久他们又向法王申请，要在雪耳河上增建一座凌波的长桥，法王来访之后，对新堡及四周的林地十分叹赏。一五二六年，波叶夫妇相继去世，产业由儿子安图完·波叶（Antoine Bohier）继承。觊觎雪浓莎已久的弗朗索瓦一世，仔细核查老波叶生前经手的财务，发现了漏洞，命令小波叶代父偿债给法国政府。小波叶偿不起这笔巨款，在法王的安排下，只好用雪浓莎来抵缴。最后，吏人奉命以法王的名义接收了新堡。

从此雪浓莎成了法王的行宫，弗朗索瓦一世常来此地游猎，随从之中除了太子亨利二世与其妃凯瑟琳之外，还有两位美人：一位是法王的爱宠，艾唐普公爵夫人；另一位的名字与雪浓莎的浪漫形象不可分割，便是普瓦蒂叶的黛安娜（Diane de Poitiers）。黛安娜表面上是诺曼底总管的寡妇，实际上却是太子的情人，难怪要招公爵夫人的鄙夷和太子妃的毒恨。而太子呢，衣着一律黑、白二色，那是他情人的标识，他用的纹章也取自她的新月图形。

一五四七年，弗朗索瓦一世崩殂。亨利二世继位后，黛安娜立刻受到无上的眷宠。她从新王手里接受的赏赐，包括巨额的金钱、钻石，甚至皇冠上的珍珠。每口钟收二十镑的国税，也抽了不少成给黛安娜。然而亨利二世送给她的无上重礼,却是雪浓莎。

黛安娜,法国最美丽的女主人,统治了法国最美丽的宫堡。为了衬托新堡,她开辟了宽达两公顷的方形花园,也就是以她为名而传后至今的黛安娜花园。她爱花成癖,所以常常收到的礼物包括玫瑰树、朝鲜蓟之属。在她的指挥下,建筑师、设计师、园艺家和大批的园丁通力合作,使人工与天然密切配合,宫堡与园林互相呼应。草坪、鱼池、菜圃、果园等都开辟了出来。一五五六年,德洛美来探测河床,并奉命在河上架设有名的桥屋,于是雪浓莎得以衔接对岸雪耳河的森林。

美艳的黛安娜在雪浓莎做了十二年的女主人,而容貌始终不衰。最令人惊异的是她比亨利二世大十九岁,入住雪浓莎那年已有四十七岁了,而法王只有二十八岁。这位绝代美人生活极有规律:不论冬夏,她一起床就行冷水浴,然后骑马驰骋,再回去睡觉直到中午。据说她从不化妆,但是肤色常保乳白。又说她虽然姿色动人,衣着却颇为端庄,举止也很高贵,沉静之中还带点矜持。这种冷艳的蛊术,反而更令法王着迷。另外,她大胆起来也全然不理世俗,甚至会裸骑在鹿背上让画师绘像。不幸在一五五九年,喜好比武的亨利为了给自己的情妇争面子而向加布烈挑战,竟意外受伤,数日后便去世了。

法王一死,皇后大权到手,忍了十二年的一口气,立时报复。她命令黛安娜退还皇冠上的珍珠,并且退出雪浓莎。黛安娜还想抗拒，凯瑟琳暗示她不惜动武，黛安娜只好离宫。凯瑟琳命她移居肖蒙堡，她却宁可退回自己的领地安奈。这时她已经五十九岁了，据说七年后她去世时，风韵仍然动人。

在长久的等待之后，终于轮到凯瑟琳入住雪浓莎。这座壮丽的宫堡在她的掌握之中，先后历经三十年。其间在位的三位法王——弗朗索瓦二世、查理九世、亨利三世都是她的儿子，所以她成了至高无上的太后。她在横跨雪耳河的桥上加建了双层的长廊，又在黛安娜花园的对面辟了一片新园，种植外国的花木，名为"凯瑟琳花园"。这女人很爱玩弄权术，一方面纵横捭阖，千方百计维护她三个儿王的宝座，还为查理九世摄政过三年；另一方面却把她的宫娥训练成又像特务又像妓女的所谓"飞骑队"，以侦探敌情并慰劳忠仆。这一队美女在阳光下穿金色的制服，在月光下则换成银衣。野宴的时候，她们就成了河边与林下的精灵，一任兴奋的牧神追赶。

三十年间的雪浓莎是一场无休无止的园游会，淫逸之状难以尽述。为了欢迎她的第三位儿王来雪浓莎，凯瑟琳大办盛宴。席间，新王亨利三世化装成女子，紧身的胸衣上闪耀着钻石与珍珠，短发露乳的贵妇则男装侍宴，一夕就挥霍掉十万镑之巨，还要向诸侯与意大利人去贷款来偿付。

这样荒唐的游园最后自然要惊梦。内战终于不可收拾，一五八九年，凯瑟琳太后死于布卢瓦堡，紧接着，亨利三世死于狂僧克列芒之手。凯瑟琳临终之前把雪浓莎交给了亨利的皇后——华德蒙的露易丝（Louise de Vaudemont）。

雪浓莎换了主人，也改变了风格。从黛安娜到凯瑟琳，四十二年来这地方一直是酒醉情迷的行乐宫，但在露易丝的治下，却顿然从繁华梦里清醒过来，变成了一座遁世的修道院。亨利三世是荒淫而邪恶的君王，他的横死罪有应得，偏偏他的寡妇皇后却是至性至情的贤妻。丈夫死后，她陷入彻底的悔恨与悲哀，把自己深闭在肃静无哗的宫堡里，寝室低垂着缀有银泪图案的厚重黑绒帷幔，华尔兹的激荡音波变成了忏罪的喃喃低祷，应和着雪耳河西去的水声，而四周，浪笑相逐的飞骑队也换成了潜修默念的娥素娜修女（Ursuline nuns）。露易丝的生活十分俭朴，对一般贫民却很慷慨，大家常见她穿着白色丧服的侧影，都称她为"雪浓莎的白夫人"。

哀愁的白夫人死后，新主人是她的侄女，望东公爵夫人芳思华丝（Francoise de Mercours）。这时波旁王朝正开始，法王亨利四世终于迁都巴黎，卢瓦尔河中游一带这些宫堡的全盛时代也就告终了。望东皇族既然不常来住，也就不愿意在乡下的别墅上花费过多。雪浓莎乃从繁华落入平淡。

但是一百年后，它又以另一种光辉来炫耀法国的眼睛。一七三三年，解甲归田的杜班将军（Claude Dupin）从波旁公爵的手里买下了这座古堡，不久美丽而多才的杜班夫人就成了有名的女主人。若把她的贵宾排列起来，简直就是启蒙运动的名单，毕丰、孔迪雅、伏尔泰、孟德斯鸠、杜黛芳夫人、卢梭等都是她的座上常客。卢梭更做了杜班夫人的秘书和她女儿的家庭教师。他鼓吹回归自然的哲学，也是从雪浓莎灵秀的风景、潋滟的波光得来的感应。他的诗《雪维亚的林荫路》，写的正是从村上通向宫堡的那条荫道，而论违教育的《爱弥儿》也在此完稿。法国革命期间，这座帝王与后妃的行乐宫竟然秋毫无犯，可谓奇迹，那是因为杜班夫人深受村民敬爱。这位福慧兼修的女主人，为美丽的雪浓莎更添了文化的气息。一七九九年她去世的时候，高龄已经九十三岁，后人遵她的遗愿，就把她葬在雪浓莎的墓地里。

4

夕阳在我们的后车窗落向平野，树影一路追了上来。我们在迟长的黄昏里驶入了雪浓莎镇。一八八二年秋天，亨利·詹姆斯来此一游，后来在游记《法国行》里曾说，镇上有一家很整洁的小客栈，可以吃到好菜，招待也很殷勤。但是此刻，在曲折的窄街两边，用各种奇异店名招呼着我们的，却至少有半打的现代旅馆，有的气派显然还不小。奇怪的是，几乎家家都声称客满，但是街上一个行人也不见，巷深楼静，简直像一座弃城。问到一家尚有空房，索价一夕要三百七十法郎，未免有些乱敲。

"总之明早才看得成古堡了，"宓宓说，"今晚倒不在乎要住在镇上。"

"对呀，今晚住在附近就行，明天再来看就好了。"我附和她。

我们继续东行，才两三公里便到另一个小镇，名叫夕宿（Chisseau），比起雪浓莎来，更显村小人稀。公路边一家两层楼的客栈，精巧而雅致，店名漆在白墙上，叫作明舍（Clair Cottage），看来令人欢喜。停车一问，租金只要八十九法郎，便住了下来。吃过晚饭，正是十点，天色已经全黑下来。我们推开店门，正待沿着村道出去散一回步，店东问我们是不是要去看lumière[1]，我们不知道他指的是什么，只有含糊点头。他便大做手势以助语意，一会儿两手做开车状，一会儿又指指后门。一阵"肢体语言"之后，主客相对而笑。

"为什么看'吕米叶'要开车呢？"宓宓说，"他明明知道我们只是去散步呀。"

"'吕米叶'是法文照明的意思。"我说。

"会不会是古堡有什么灯景可看？"

"一定是了，"我恍然大悟，"快上车吧！"

五分钟后，我们从村道转入向南的林荫路，驶了三百公尺左右，忽然听见人声嘈嘈，才发现左边的排树背后是一片停车场，停满

---

[1] lumière：吕米叶。——编者注

了车。我们也开进去停车,这才看出人群正从古堡的方向纷纷走来,准备开车离去。

"一定是'吕米叶'散场了,"宓宓懊恼地说,"我们来晚了。"

"也不见得,"我说,"还有人跟我们一样,刚刚来呢。管他呢,进去看一下。"

通向堡门的林荫路远比我们所想的要深长,路灯又高又疏,两旁的行道树密叶交蔽,多为法国梧桐,排树之外是浓邃的森林,所以大半的时候我们等于走在暗里,只能依赖路的尽头一点幽昧的灯光指示古堡的方向。树顶偶尔传出夜鸟的呼叫,脚下却听得见流水潺湲,走到路灯下,依稀看得出是一条窄窄的浅溪被乱石所激。此外就一点声音也没有了,整个气氛阴森而可疑。十六世纪的四轮高轩,马蹄得得,鞭声呼呼,就是在这条时光隧道上,载着热情而又冷艳的黛安娜绝尘而去的吗?脚下,夏夜的尘香里,又有过多少靴痕与蹄印呢?

就这样在树影里足足走了十几分钟——这时间要是放在电影里,就太久了——忽然一片闪烁的烈光在树后出现,反托出古堡背光的侧影,然后是戏剧的对话,一会儿暴喝,一会儿哀诉,从扩音机里播出。我们加速向前赶路,终于到了堡门的黑漆栅前,匆匆买票而入。刚好声光顿歇,我们越过门首的石雕斯芬克狮,逆着散场的人潮进入堡中。等到人潮散尽,收票的人才把下一场的观众,四五十人,放进左面的一个大方场。原来是一片大花园,大家顺着四边的长堤绕园而行，到了临水的一边，堡警示意大家就在堤上等待。

堡内没有路灯，只有戴着黑盔尖顶的中世纪圆筒城堡，从窄窗孔里透出一点光来。河上的方宫，四角的尖楼，跨水而横的俨整桥屋，上下两层的排窗，一律都守在暗里，似乎满含着神秘的暗示。我们靠在堤边的粗石围墙上，越过宽阔的墙台俯窥，下面想必是雪耳河了。除了凉凉的水汽之外，更无一点波声，偶发的一两声禽语，只像是夏夜的低呓，分不清究竟是来自对岸，还是河中的小屿。而混合的花香和树气，调配成薄荷酒似的，从下面的花园里飘了上来。

忽然扩音机开口了，堤上的游客，暗窗里所有的亡魂，都在竖耳静待。鼻音圆满、喉音深邃的法国腔开腔了。雪浓莎历代的霸主和娇客、怨妻和寡妇、贤淑和人才，纷纷出场，啊不，是轮番开腔，时而空房独白，时而大堂对话，时而来口交锋，在虚无缥缈的夜空中为我们重演四百多年的兴衰堡史。

配合着故事的发展，人语的呕哑，蹄声的杂沓，辇轮的辘辘，兵器的铿锵，或登楼而急步，或叩门而高呼，或倚窗而长叹，灯光就在那里亮起，领着我们回到十六世纪或十七世纪，在古堡的户内或户外神游。峭坡一般的铁灰色屋顶下，阁楼朝东的一扇窗忽然亮了，紧接着是叩门的剥啄，是一问一答，门开了，又是低抑而紧张的耳语。那是皇太子亨利密赴黛安娜的幽会吗？阁楼的小窗熄了灯，万籁沉寂，一对情人必是投入彼此的怀抱了。此时，岂非是无声更胜于有声？但是不久有波声与笑语穿桥洞而来，灯光也照得桥下通明，可见雪耳河的清流正悠悠西去，正如四百年前载着满舫的河客一样。这才发现，边堡的尖塔右上方，一钩银月正悬在低空，倒是真的呢，不是布景，而且正在落下。这景色，黛安娜生前该是见惯了的吧？正思念间，堡后那一片凯瑟琳花园唰的一下通彻透明，所有的脚灯全亮起来，园游会开始了。宫廷的乐队吹奏得如火如荼，假面的宾客一对接一对走过，笑语喧闐，托盘的仆役奔走其间。爱摆排场的凯瑟琳太后，正大办盛宴欢迎她的儿王弗朗索瓦二世和新后玛丽·史都华（Mary Stuart）——那一年，弗朗索瓦刚登基，不过十五岁，玛丽也才十七岁。

蓦地众弦俱寂，只剩下一片虫声，陪着哀愁的白夫人，半掩在黑窗帘后在怨恨眉月。

真的，那一弯银白的眉月已坠到塔尖上端。虽是夏夜，却也风寒露重，雪耳河的水汽，透过厚毛衣竟也凉袭双肘。宓宓挽着我走回林荫堤道，回望古堡，已经月落影沉，那一簇尖尖的塔楼都已幢幢而黯。

回到小客栈，已经快近午夜了。前门已上锁，便把车子停在后院的花架旁边，准备攀白漆的露天回梯，走后楼的阳台回去卧房。只觉有异样的光彩在头顶蠢动，仰面一看，两人都怔住了，几乎是同时失声轻呼。月落天黑的夜空，布满了烂烂灿灿的一簇簇冷银，神经质一般地在乱颤着清辉，那么近，好像一伸手都会牵落一大把似的，更近的，几乎眉睫都扫得到了。而汇聚得尤密的一些，难以个别区分，索性就喷溅成一片乳白的迷雾，只有天文学家的捕光魔镜才能去虚空里，咳，去真空里一一追认了。猛然记省，那不就是银河了吗？就真的仰面再看，如豆的目光，知其不可而为之地企图尽览那一湾溅天而过的淋漓光芒，湍急的回涡卷进又吐出，汹涌的浪花激起又跳落，咳，多少星座。这才相信，梵高画里夜店外的星空，那许多猖獗的光并非乱想。

"为什么有这么多星光，又这么逼在人头上？"宓宓惊叹再三。

"也许它们是一种磷质的昆虫，喜欢在人家的屋顶上爬吧。"我笑起来，"夜深了，这四野全无灯火，又没有月亮，加以空气纯洁，你今晚的眼睛又特别敏感。"

"好冷啊，"宓宓颤声地说，"七月底怎么像秋天？"

"这是欧洲啊！卢瓦尔河这一带的纬度——"

"相当于华北吧？"宓宓说。

"什么话？比齐齐哈尔的纬度还高。"

回到房里，一时之间两人都没有睡意。奔驰了一整天，倦是倦极了，却有一种累过了头的兴奋，因为刚才古堡那一幕的余光遗响，因为这小客栈的楼窗正对着那有名的古堡，文艺复兴的风流和典雅触手可及，今晚的星光犹是四百年前的幽眇，因为明天早上我们还要去探雪浓莎，看阳光下它的真相。

我还想就着床头的小灯，翻看雪浓莎的导游画册去追究几项堡史的细节，并拟定明天参观的行程。一只细小的金甲虫忽然在画页上蠕蠕爬动，快到弗朗索瓦的鼻子上了。这才发觉窗上无纱，台灯把户外的飞虫纷纷引来，一时此起彼落，枕畔好不热闹。

"快关灯吧！"宓宓说。

于是户内全黑了，轮到密密麻麻的星光，沿着墙上的花藤和水管，蠢动着爬进窗来。

5

第二天清晨我们在清脆的鸟声里醒来。九点，再驾车去看古堡。

月光下的美人未必都能够接受阳光的考验，但是此刻，一夜醒来，在和风丽日之下，雪浓莎在我所见过的宫堡之中，仍然是最明艳、最出色的一座。我没有说它最富丽堂皇，因为规模与气象比它宏大的宫堡有的是，然而要讲妩媚动人，却非它莫属。大凡景观要有灵性与动感，总不能缺水，那水，自然要活的，才见出生命。护城河、人工湖、喷水池，总不如一条河水纯净天然。雪浓莎之胜全在一条雪耳河，那一弯娴静而纤柔的水蓝缓缓流过，恰到好处的弧度使河景添些曲折，让两岸葱茏的森林有机会掩映清波。

如果雪耳河仅仅流过这座宫堡，雪浓莎的景观也不见得就怎么神奇。最别致的是，不但尖塔簇拥的四方宫堡就建在河上，有吊桥与高堤和北岸的旧堡新园相通，而且还架了一座五墩的长桥接上南岸，桥上更建了双层的楼廊，排窗之上更覆着峻斜的灰黑屋顶。四百年的悲欢岁月，瓦卢瓦与波旁王朝的兴衰，美人的红颜，寡后的忏悔，智者的沉思，一切一切，甚至内乱与革命，都逐波而去了，留下的是这一排桥楼与塔影。雪耳河永远向西，追赶着卢瓦尔河的大西洋之旅。这一面长而弯的蓝镜子，这不负责任的魔幻水鉴，不会为任何人保管刹那的倒影。

如果从空中看下去，雪浓莎北岸的地面就像三个大棋盘。最整齐美观的是右边的正方棋盘，被一个正十字与一个斜十字分割成八个三角形，绿底是草，土红的直线是路，苍翠的虚线是一排排的杜松，修剪成圆浑的卵形。这是最早开辟的黛安娜花园。左边的方形比较不规则，中间像是个大红靶心，外面围着两圈红线，走近时，才发现都是开得妩媚而又恣肆的大朵玫瑰和匍匐了一地锦绣的天竺葵。这便是凯瑟琳花园了。对我说来，法国十七世纪的这种园景布置，尽管妍巧可观，却工整过甚，有心再造自然，却束缚了活泼的生机，反而不如中国庭院的错落变化、日本庭院的禅意清远。雪浓莎的园艺，正如凡尔赛宫的对称与工整，只令人想起新古典主义的诗律与画规。

我们走进四方的宫堡，逐室巡礼一番。黛安娜的寝室并不如想象中那么富丽。一边墙壁，从天花板直到地板，悬着金碧辉煌的整幅大挂毡，气象不凡，据说是十六世纪佛兰德的织品。壁炉边上，白底漆金的皇冠下覆着一个大写的 A，不知道是否指她的封号"阿奈女堡主"（Chatelaine de Anet）。除此之外，她的私闺远不如凯瑟琳的豪华，也许她本来就不是皇后，后来更被逐出宫去，所以较少遗物吧。最堂皇的一间该是路易十四的会客厅了，法国全盛时代的雄主霸君，当然要气派一些。路易十四时代的家具与装潢素来名贵，雪浓莎不是凡尔赛，但是行宫的会客厅自然也含糊不得：四壁红绒衬得金色的画框和锦绣的靠背椅华贵饫目；雕金镂玉的长几上，反托着绒壁用黄钵供着几株鸢尾（iris），狭长的翠叶挺拔如剑，神气非常。这一钵亭亭傲立的鸢尾，同样供在望东公爵的卧室，因为鸢尾花是法国君王的象征，三瓣鸢尾的图案常见于宫廷的装饰，尤其是盾徽与旗号，即所谓"fleur-de-lys"。在弗朗索瓦一世的卧室里，壁炉上的饰板也都是绿底金花的鸢尾图案。法国人色感的高雅，堪称欧洲第一。路易十四的会客厅里，壁炉上的饰板以娇柔的乳白为底，描以金漆，除了鸢尾之外，更有戴冕吐焰的火蜥蜴，那又是弗朗索瓦一世的瑞兽。

　　雪浓莎宫中的藏画也不少，路易十四的那间就有他自己的画像，旁边的一幅是鲁本斯所绘的《耶稣与圣约翰》。弗朗索瓦一世那间还挂着一幅巨制，是梵露所绘的《青春三女神》。在西欧，维护妥善的宫堡与教堂之类，往往就是展览绘画、雕塑、器用、习俗，甚至整部感性历史的博物馆。

甚至楼底的警卫室也颇有可观，仅看绕室的巨幅挂毡，就令人对佛兰德的织锦不忍移目。楼桥上层的长廊达六十公尺，下面铺着蓝白相错的方形瓷砖，使人幻觉是踩在名贵的瓷盘之上。长廊的两面各有九扇长窗，向东、向西，同时迎来柔婉的水光，可以想见，除了正午之外，阳光必定也很充沛，真称得上是金阳与碧水两全其美的光之屋了。有窗的地方，宽厚的大理石壁就向外凸，形成一座椭圆的壁龛，于是平直的长廊也有了变化。这长廊是凯瑟琳的主意，当初用来做餐厅和客堂，一次大战期间曾改为医院，治过两千病人。我们这次来参观，它却正在展画，已经变成艺廊了。

兴衰无常，悲欢交替的雪浓莎，在王侯与布衣之间，不知道换过多少主人了。就我，一个东方的诗人而言，它最可爱的女主人该是杜班夫人，而最可贵的宾客该是卢梭与伏尔泰。我的选择是杜班夫人，不仅因为美慧的女主人把昏君与权后的行乐宫提升为雅聚的文苑，香扇下面熏出了半个启蒙时期，更因为在大革命之际，全靠了她，靠了她的仁爱，雪浓莎才幸而逃过了一劫。否则今天站在这雪耳河边，宓宓和我，恐怕只能凭吊逝水与断垣了。然而，除了路易十四的会客厅里有一幅杜班夫人的画像外，堡中却罕见这位女主人与贵客的遗物，令人惘然。

幸好堡中还有一座蜡像馆，意犹未尽的多情游客，临去之前还可以去低回一番。蜡像馆不算大，但是人物的制作与背景的配合都精致而生动，色调也亮丽高雅。雪浓莎四百年的人物，就这么以最戏剧性的姿态，一一出现在我们眼前。水的明媚，花的焕发，桥的飞凌，造成了雪浓莎的形象，那形象，自然跟它的历任女堡主缘结不解。最早的一位自然是黛安娜。她侧立在前景，牵着一只沙土黄的长足灵猩，正在吩咐一名老猎人。背景是一座橡树林，堡边有一名马童牵着白驹，马背上披着金黄的障泥，正待女堡主乘骑。黛安娜以这种形象出现，因为狩猎是她的所好。她的名字黛安娜本来就是罗马的女猎神，同时黛安娜又是月神，与她喜欢素衣也有联想。她的蜡像所着，正是白衫红裙，长发拂肩，颜色深褐带红，肌肤白皙而面容略瘦，望之三十许人，其实她入堡的初年已经近五十岁了。

最后的一位著名女堡主杜班夫人，有两尊蜡像。一尊是坐姿，穿着银底浅蓝条纹的露肩衣裙，棕发绾着回鬟高髻，佩戴着玫瑰，正对着手握调色板的老画师纳蒂叶（Jean Marc Nattier）。从蜡像看来，她高贵而端庄，有一种成熟的神韵，算得上是位美女，甚至更胜黛安娜。若非如此，当时的文豪大师也不会齐集在雪浓莎了。另一尊是立姿，而以古堡为背景。杜班夫人站在凯瑟琳花园里，正聆听卢梭的滔滔宏论，站在一旁的伏尔泰似乎并不同意，正摊开右掌，有所申辩。卢梭穿着亮绸的蓝衣，一头乌发；伏尔泰则穿着金闪闪的绿袍，头发都已白了。卢梭在《忏悔录》里说他来雪浓莎是在一七四七年。准此，则他的蜡像是三十五岁，伏尔泰是五十三岁，而女主人应该四十一岁了。说得象征一些，年轻的卢梭在鼓吹天性，说雪耳河的自然最堪取法。年长的伏尔泰则坚持理性，说巴黎的罪恶幸而有文化来救赎。中年的杜班夫人则左顾而右盼，在两位大家之间不但要做主人，还得做调人。

美人不老，只是成熟。黛安娜的魅力之所以显得超乎寻常，在于她比法王、法后都年长十九岁——因为亨利和凯瑟琳同年——然而年轻的法后却输给了她。杜班夫人也是一样，初做女堡主只有二十七岁，殁于雪浓莎却已九十三岁了，而其时，伏尔泰与卢梭也都已谢世二十一年。亨利·詹姆斯在他的游记里，对统治雪浓莎长达三十年的凯瑟琳颇多贬词，说她"虚伪而血腥"，说她善于享受美好的人生，却麻木不仁，不懂别人也有这权利。但在另一方面，他又不得不佩服这枭雌在桥上建楼的绝妙主意。他说："配上长桥和叠廊的雪浓莎堡，无论从哪一边侧斜看来都很奇幻，说得上是任性与异想的惊人样品。不幸一切妙想天开都未必有优美的结果，但是对于凯瑟琳，我在不甘之余却不得不承认她例外的成功。"

詹姆斯最心仪的女堡主当然是杜班夫人。他认为，一个人能生在十八世纪中叶，是一大幸运，因为那时的女性最解交接应对之道，若论炉边闲谈，并享女性温柔的陪伴，则法国大革命之前的六十年间，可谓黄金岁月。杜班的家谱里想必奔流着艺术的热血，杜班夫人的曾孙女奥洛瑞（Aurore Dupin）便是一位才高胆大的女作家，曾与肖邦、缪塞相爱，笔名也俨若须眉，叫作乔治桑。

‖ 凡是过去，皆为序曲 ‖

一八五〇年前后，这位独立特行的曾孙女曾来雪浓莎探亲，显然，一百多年间，这座美得不可思议的古堡一直属于杜班家族。

我们走出了蜡像馆，回到了一九八五年的仲夏，外面的绿色世界已经是晌午了。我们踏着土红的细砂地走出堡门，回过头去，向那惊艳的宫堡再投依恋的一瞥。塔尖纤纤，桥影如幻，眼前的实景已经惘然难信了，未来的追忆当更渺茫。我们沿着梧桐交荫的堤道走去停车场。半小时后，我们的塔尔波逆着雪耳的流水向东奔驰，把四百年的历史交给了那一川清浅。余程还有两座古堡要探，还要看肖蒙与香波堡。宓宓倚在右座，手里还握着法国的行车地图，上面的十几座古堡都画了红圈。虽然她和我都没有说话，但我们心里都忙于安顿好几位女堡主的面容，而且知道卢瓦尔河之行的高潮已经过了。

雪浓莎，三音节的魔咒，历史的背影真能够叫回头吗？

仲夏夜之噩梦

1

去年八月在温哥华,高纬的仲夏寒夜里,先后接到两通长途电话,一通来自纽约,报告我孙女降世的佳音;一通来自台北,报告我朱立民先生谢世的噩耗。

中国的律诗有所谓"流水对",但那两通电话激起的矛盾心情却构成了"生死对"。只是新婴带来的喜悦,虽然强烈,却不具体,因为她有多么可爱,我还没有见到。而老友引起的悲哀,却带着宛在的音容。伍尔夫夫人吊康拉德的文章就说:"死亡惯于激发并调准我们的回忆。"(It is the habit of death to quicken and focus our memories.）[1]

　　在怎样的场合第一次见到朱立民的，这史前史已经不可考了。只记得经常跟他见面，是从六十年代初期在师大英语中心同事开始。那时我还在师大任讲师，他在台大外文系已任副教授，却来师大兼课，教美语文学。下课的时候他常来我们的办公室休息、喝茶。"我们"是指我、张在贤、傅一勤、陆孝栋等六位专任教师。六张桌子之外，室内已少余地。立民来时，只能坐在茶几旁的一张藤椅上，面对着我的左侧和我谈天，虽然一正一斜，却近在咫尺。

　　那时当然没有空调，所以冬冷夏热，一切听天由命。可是立民高挑英挺的身材，总配上合身的光鲜衣着，加以英语地道，谈吐从容，一口男中低音略带喉腔的沙哑磁性，却似乎不太受天气的影响。我自己穿衣服远不如写文章讲究，对别人的衣饰更不留心，所以日后钟玲总怪我无视她的新装，真是罪过。不过立民当年那一身出众而不随俗的穿着，益发彰显了文质彬彬，真有玉树临风之概，则是我早就注意到的。

　　即使早在当年，立民的"美国经验"也已远深于我。不但他自己早在几个美国机构任职，连朱夫人也一直在美新处工作。可是立民的风度儒雅而稳健，谈吐深沉而悠缓，举止又不失端庄，所以给我的印象非但没有"洋鸡"（Yankee）沾沾自喜的滑利甚

---

[1] Virginia Woolf: "Joseph Conrad", from *The Common Reader*.——编者注

至肤浅，反倒近于英国的绅士作风。也就难怪，何以立民以研究美国文学开始，兴趣逐渐移向英国文学，而以研究莎士比亚为归。

也许正因为如此，我猜想，立民喜欢的女性节目主持人并非牙尖舌利、熟极而流的一类，而是口齿清楚、节奏适度的一型。有一次跟他谈到这问题，他说他喜欢熊旅扬，少待，又意味深长地笑道："She is my type of woman."这句话，回家后我向太太复述，后来又告诉一些朋友，引为趣谈。不料隔了几年，我向他重提此事，他淡淡莞尔，竟似忘了，倒令我有点扫兴。

立民长我八岁，这差距不上不下，加以两人并未熟到无话不讲，包括黄色笑话，所以彼此一直以"先生"相称。换了比我年轻有限的颜元叔、林耀福一辈，每次与我见面，就会另辟一隅，不但交换机密要闻，而且语多不庄。初识立民，他刚四十上下，风度翩翩，仪表动人，套用王尔德《理想丈夫》里的一句话，简直是"台北外文界第一位穿得体面的穷学者"[1]。可以想见，女学生们对他仰慕的不会很少。果然有一次，系里的女助教兴奋地告诉我：朱老师昨天带她去哈尔滨！原来那是一家咖啡馆，立民常去光顾。这件事天真得可以，但在当年却似乎接近浪漫的边缘了，倒令"我们办公室"的假洋老夫子们心动了一阵。

后来我才发现，哈尔滨乃是立民诞生的城市，怪不得他爱去

---

[1] Oscar Wilde: *An Ideal Husband*, Act Ⅲ: "He is the first well-dressed philosopher in the history of thought."——编者注

那家咖啡馆。他原籍江苏，小学时代在哈尔滨和北京度过，但中学六年却在苏州，抗战胜利后更在京沪一带做过事。所以他的背景兼有塞北江南，复以体态而言，可谓南人北相，而听口音，北方官话里却又泄露了一点吴侬风味，加上会说英语，又善穿衣，有时又令我幻觉他是上海才子。

2

壮年的朱立民确是如此，但那已是三十年前的回忆了。三十年来，我们的交往不疏不密，任其自然，称得上是其淡如水。我在《书斋·书灾》一文里，曾有一句说到六十年代初的事："有一本《美学的传统》（*The American Tradition in Literature*）下卷，原是朱立民先生处借来，后来他料我毫无还意，绝望了，索性声明是送给我，而且附赠了上卷。"这两卷一套诺顿版的巨著，迄今仍高据我西子湾临海书房的架顶，悠久的记忆因赠书人永别而添上哀思。这部选集为立民所赠，可谓意义非凡，正因立民的学者生命始于美国文学研究，而日后他主持外文系所，在这方面更有倡导促进之功。他一生出版专书四册，最早的一册便是一九六二年联合书局精印的《美国文学，一六〇七—一八六〇》。书出后他送了我一本，我就在《文星》月刊上发表了一篇书评，题为《评两本文学史》，另一本是黎烈文老师的《法国文学史》。我给朱著《美国文学》颇高的评价，对写坡的一章尤为赞赏，立民非常高兴。近阅近代史研究所新出的《朱立民先生访问记录》一书，发现立民自述此书，说曾经把稿子"请戴潮声替我看了一遍，润饰一下"。如此坦白自谦，实在可爱。

后来立民升任台大外文系教授并兼主任，聘我去兼课。有一次他问我，能否从师大转去台大专任。那时系主任完全当家做主，有意聘人，必能办到。但是我在师大，与同事、同学一向相处愉快，没有背弃之理，便婉谢了。

立民在台大外文系二十六年，人缘显然也很好，尤得学生爱戴。王文兴写作之初，立民颇加鼓励，对其《草原的盛夏》一文尤表赏识，令这位高足十分感激，并向我亲口述说。立民在台大主持外文系与文学院，前后达十一年之久，据我隔校旁观，道听途说，几乎没有人说他的不是。立民主政，慎于策划，勤于实施，作风稳健，如此长才在学者之中殊不易得，至少我自叹远远不及。自从朱公走后，好像是时代变了，风气改了，这种"文景之治"也就难再。

3

一九七四年我离台赴港，去中文大学中文系任教，一去十年，和立民相见更稀。等到再回台湾，我又远在南部，除非无奈，也少去台北。不过，在我主持"中山大学外文所"那几年，亟须北部学者南下支援，正值立民钻研莎翁日深，发其"侠绅精神"，为解故人之困，竟不辞南北迢迢，更不计待遇区区，每周专程，来西子湾主持莎剧的研讨。这时的朱公无复当日朱郎的倜傥自赏了，深度眼镜的同心圆圈上加圈，男中低音的沙哑喉腔更低更沉，领带变得细如鞋带，但仍似不胜其拘束，偶尔还会突然扭颈噘嘴，做"推畸"（twitch）之状。至于壮年的乌亮茂发，也已分披成钝灰的二毛了。及至晚年，于披发之外，更任乱髭蔓生于颏间，虽然老而自在，看在我眼里，却不胜沧桑；却忘了，在立民眼里，我自己又斑鬓蓬松，落魄几许。不过立民老兴不浅，尽管心律要靠机器来调整，仍怀着满腔热忱，风尘仆仆，到处去开会或宣讲莎士比亚。

直到那一个寒冷的八月夜晚，余玉照的声音越过无情的换日线传来，告我以仲夏夜之噩梦。

我翻阅单德兴、李有成、张力合编的《朱立民先生访问记录》，对着立民年轻时的照片发怔。站在文学院院长室外阳台上的那一帧，身影修颀，风神俊雅，右手虽然低垂，食指与中指之间却斜捻着一截香烟，另有一种逍遥不羁的帅气。为什么如此昂藏的英挺，要永远冷却而横陈了呢？几个月前，他还脚立着这片大地，头顶着日月星辰。

右手边第三个抽屉里，平放着对折的一方手帕，那是送殡的当天钟玲从丧礼上为我带回来的。每次拉开抽屉,我都会吃一惊。七十功名尘与土,八千里路云和月:故人劳碌的一生,难道一折再折,就这么折进去了吗?

第三章

另有离愁

人生为什么不倒过来呢?
为什么没有一个国度,让我们出世的时候做老人,
然后一生逐渐返老还童,到小得不能再小的时候,
就——白日升天而去,或者在摇篮里——失踪。

樵夫的烂柯

一月初去新加坡参加"国际华文文艺营",见到萧乾先生。他感叹说,新加坡变得简直认不出来了,四十年前他路过的新加坡,哪有今天这么繁荣。

其实一切变化的感觉,都是相对的。换了是香港人或者台湾人,因为本身变得也快,对于这种速变、骤变的感叹,自然要淡得多。

山中一日,世上千年。不免令人想起中国的传说:樵夫入山,见人据石对弈,从而观之,棋局未终,视手中斧,其柯已烂。要换一柄新斧,虽然不必千年,却也不止一日。所以西谚说:"时间即金钱。"

仔细想来,这说法大有问题。因为钱可以省下来,存起来,留待他日之用,还可以生利息。时间,却不能如此。我们不能把闲暇存在盒子里，到忙的时候才拿出来使用。学生不能说："今天是星期天，反正我闲着，不如什么事也不做，把今日存起来，等到联考那一天再用；这样，我就比别人从容得多了。"田径选手也不能说："让我现在存十秒钟下来，加到我出赛的那一天；这样，在最紧要的那一分钟，我就有七十秒可用。"钱，可以存在银行里。时间这种新鲜而又名贵的水果，却无冰箱可藏。及时而不吃，它就烂了。

神话里的力士鲁阳，和韩构交战，胜负未分而日将西沉。鲁阳举戈向天一挥，落日为之倒退，让双方继续交手。这是对时间威胁。李白则说："吾欲揽六龙，回车挂扶桑。北斗酌美酒，劝龙各一觞。"这是对时间贿赂。其实，时间这家伙顽固得不近人情，威迫和利诱都动不了的。

时间跟金钱还有一点不同：时间之来有一定的顺序，钱则不必。过去的时间有如冥钞，未来的时间有如定期支票，你只能使用手头的时间，因为只有"现在"才是现款。钱不但可以存，也可以借。时间则不可。你不能向自己的未来借时间，使忙碌的今天变成四十八小时，然后到明年少过一天；也不能对好朋友说："老兄反正没事，不如暂时退出时间，借我一个钟头，让我好赶飞机。下礼拜我闲了再还你。要利息？可以，我还你七十分钟好了。"

如果我们用时间可以不按次序，就太好了。我们不妨先过中年，再过少年，那样一来，许多愚蠢的事情就可以躲过了；也许就不必离婚，或者对父母会孝顺一点。如果能先过老年再过中年，也许会吃得少些，运动得多些，对职业的选择也聪明一些。看到许多豪杰之士晚境苍凉，我常想，人生为什么不倒过来呢？为什么没有一个国度，让我们出世的时候做老人，然后一生逐渐返老还童，到小得不能再小的时候，就一一白日升天而去，或者在摇篮里一一失踪。这样，悲观哲学将不流行。你会在糖果店里看见一群彼此有五十年交情的小朋友，取笑从前你戴氧气罩、我滴盐水针的情景。也许小朋友心机单纯，记不得那么久的往事，那也可以在似曾相识、人我两忘的混沌之中牵着手唱歌，唱五十年前的旧歌。

　　这一切当然都只是幻想。还是俗话说得好："寸金难买寸光阴。"能买的最多是一只瑞士名表。

幽默的境界

据说秦始皇有一次想把他的苑囿扩大,大得东到函谷关,西到今天的凤翔和宝鸡。宫中的弄臣优旃说:"妙极了!多放些动物在里面吧。要是敌人从东边打过来,只要教麋鹿用角去抵抗,就够了。"秦始皇听了,就把这计划搁了下来。

这么看来,幽默实在是荒谬的解药。委婉的幽默,往往顺着荒谬的逻辑夸张下去,使人领悟荒谬的后果。优旃是这样,淳于髡、优孟是这样,包可华也是这样。西方有一句谚语,大意是说:解释是幽默的致命伤,正如幽默是浪漫的致命伤。虚张声势,故作姿态的浪漫,也是荒谬的一种。凡事过分不合情理,或是过分违背自然,都构成荒谬。荒谬的解药有二:第一是坦白指摘,第二是委婉讽喻,幽默属于后者。什么时候该用前者,什么时候该

|| 凡是过去，皆为序曲 ||

用后者，要看施者的心情和受者的悟性。心情好，婉说，心情坏，直说。对聪明人，婉说，对笨人只有直说。用幽默感来评人的等级，有三等。第一等有幽默的天赋，能在荒谬里觑见幽默。第二等虽不能创造幽默，却多少能领略别人的幽默。第三等连领略也无能力。第一等是先知先觉，第二等是后知后觉，第三等是不知不觉。如果幽默感是磁性，第一等便是吸铁石，第二等是铁，第三等便是一块木头了。这么看来，秦始皇还勉强可以归入第二等，至少他领略了优旃的幽默感。

第三等人虽然没有幽默感，对于幽默仍然很有贡献，因为他们虽然不能创造幽默，却能创造荒谬。这世界，如果没有妄人的荒谬表演，智者的幽默岂不失去依据？晋惠帝的一句"何不食肉糜？"惹中国人嗤笑了一千多年。晋惠帝的荒谬引发了我们的幽默感：妄人往往在不自知的情况下，牺牲自己，成全别人，成全别人的幽默。

虚妄往往是一种膨胀作用，相当于螳臂当车，蛇欲吞象。幽默则是一种反膨胀（deflationary）作用，好像一帖泻药，把一个胖子泻成一个瘦子那样。可是幽默并不等于尖刻，因为幽默针对的不是荒谬的人，而是荒谬本身。高度的幽默往往源自高度的严肃，不能和杀气、怨气混为一谈。不少人误认尖酸刻薄为幽默，事实上，刀光剑影中只有恨，并无幽默。幽默是一个心热手冷的开刀医生，他要杀的是病，不是病人。

把英文 humour 译成幽默，是神来之笔。幽默而太露骨太嚣张，就失去了"幽"和"默"。高度的幽默是一种讲究含蓄的艺术，暗示性愈强，艺术性也就愈高。不过暗示性强了，对于听者或读者的悟性，要求也自然增高。幽默也是一种天才，说幽默的人灵光一闪，绣口一开，听幽默的人反应也要敏捷，才能接个正着。这种场合，听者的悟性接近禅的"顿悟"；高度的幽默里面，应该隐隐含有禅机一类的东西。如果说者语妙天下，听者一脸茫然，竟要说者加以解释或者再说一遍，岂不是天下最扫兴的事情？所以说，"解释是幽默的致命伤。"世界上有两种话必须一听就懂，因为它们不堪重复：第一是幽默的话，第二是恭维的话。最理想也是最过瘾的配合，是前述"幽默境界"的第二等人围听第一等人的幽默：说的人说得精彩，听的人也听得尽兴，双方都很满足。其他的配合，效果就大不相同。换了第一等人面对第三等人，一定形成冷场，且令说者懊悔自己"枉抛珍珠付群猪"。不然便是第二等人面对第一等人而竟想语娱四座，结果因为自己的"幽默境界"欠高，只赢得几张生硬的笑容。要是说者和听者都是第一等人呢？"顿悟"当然不成问题，只是语锋相对，机心竞起，很容易导致"幽默比赛"的紧张局面。万一自己舌翻谐趣，刚刚赢来一阵非常过瘾的笑声，忽然邻座的一语境界更高，利用你刚才效果的余势，飞腾直上，竟获得更加热烈的反应，和更为由衷的赞叹，则留给你的，岂不是一种"第二名"的苦涩之感？

幽默，可以说是一个敏锐的心灵，在精神饱满生趣洋溢时的自然流露。这种境界好像行云流水，不能作假，也不能苦心经营，事先筹备。世界上有的是荒谬的事，虚妄的人；诙谐天成的心灵，自然左右逢源，取用不尽。幽默最忌的便是公式化，譬如说到丈夫便怕太太，说到教授便缺乏常识，提起官吏，就一定要刮地皮。公式化的幽默很容易流入低级趣味，就像公式化的小说中那些人物一样，全是欠缺想象力和观察力的产品。我有一个远房的姨丈，远房的姨丈有几则公式化的笑话，那几则笑话有一个忠实的听众，他的太太。丈夫几十年来翻来覆去说的，总是那几则笑话，包括李鸿章吐痰、韩复榘训话等等，可是太太每次听了，都像初听时那样好笑，令丈夫的发表欲得到充分的满足。夫妻两人显然都很健忘，也很快乐。

一个真正幽默的心灵，必定是富足，宽厚，开放，而且圆通的。反过来说，一个真正幽默的心灵，绝对不会固执成见，一味钻牛角尖，或是强词夺理，厉色疾言。幽默，恒在俯仰指顾之间，从从容容，潇潇洒洒，浑不自觉地完成：在一切艺术之中。幽默是距离宣传最远的一种。"舍我其谁？"的英雄气概，和幽默是绝缘的。宁曳尾于涂中，不留骨于堂上；非梧桐之不止，岂腐鼠之必争？庄子的幽默是最清远最高洁的一种境界，和一般弄臣笑匠不能并提。真正幽默的心灵，绝不抱定一个角度去看人或看自己，他不但会幽默人，也会幽默自己，不但嘲笑人，也会释然自嘲，泰然自贬，甚至会在人我不分物我交融的忘我境界中，像钱默存所说的那样，欣然独笑。真具幽默感的高士，往往能损己娱人，参加别人来反躬自笑。创造幽默的人，竟能自备荒谬，岂不可爱？吴炳钟先生的语锋曾经伤人无算。有一次他对我表示，身后当嘱家人在自己的骨灰坛上刻"原谅我的骨灰"（Excuse my dust）一行小字，抱去所有朋友的面前谢罪。这是吴先生二十年前的狂想，不知道他现在还要不要那样做？这种狂想，虽然有资格列入《世说新语》的任诞篇，可是在幽默的境界上，比起那些扬言愿捐骨灰做肥料的利他主义信徒来，毕竟要高一些吧。

其他的东西往往有竞争性，至少幽默是"水流心不竞"的。幽默而要竞争，岂不令人啼笑皆非？幽默不是一门三学分的学问，不能力学，只可自通，所以"幽默专家"或"幽默博士"是荒谬的。幽默不堪公式化，更不堪职业化，所以笑匠是悲哀的。一心一意要逗人发笑，别人的娱乐成了自己的责任，那有多么紧张？自生自发无为而为的一点谐趣，竟像一座发电厂那样日夜供电，天机沦为人工，有多乏味？就算姿势升高，幽默而为大师，也未免太不够幽默了吧。文坛常有论争，唯"谐坛"不可论争。如果有一个"幽默协会"，如果会员为了竞选"幽默理事"而打起架来，那将是世界上最大的荒唐，不，最大的幽默。

独木桥与双行道

如果有这么一个家庭：父亲听不惯儿子的摇滚乐，认为简直是野蛮的噪声；儿子呢，也讨厌父亲的京戏，觉得那些事情十分遥远。社会学家就会搬出一个新名词来，说父子之间有了"代沟"。

英文"generation gap"一词，应该如何中译，看法颇不一致。一般的译名是"代沟"，令人想起难越的鸿沟，不免有点触目惊心。也有人认为不应强调这种裂痕，而把它译成较为温和的"代差"。还是"代沟"比较普及，而且形象化。

西方的传统，以三十年为一代。现代社会的变化加速，似乎等不到二十年，就已有换代的感觉了。西方之变的脉搏，在美国跳得最快。我前后三度去美国，觉得美国的青年一直在变：第一次去，是在五十年代末期，美国的大学生似乎尚在接受"美式生活",校园相当平静。第二次去,是六十年代中期,已经大有转变:正是民权运动的高潮,我班上有好几位学生开车去南方参加游行。第三次去,是在六十年代末期到七十年代初期,美国的大学生还在反越战,而摇滚乐、迷幻药、反污染、耶稣热、神秘主义、地下文学、反种族歧视,总而言之,对"美式生活"的反抗,也就是所谓"青年人的文化",已经形成了一个最新的传统。

六十年代后半期,年轻的一代在世界各地曾有大规模的骚动。几乎是在同时,大学生和退学的嬉皮士震撼了美国的校园,法国、英国、希腊、土耳其等地的学生也都有激烈的集体行动。这些现象,尽管是不同的政治背景和社会环境所促成,其对上一代领导人的抗议,则是一致的。

亚洲地区的大学生常有不满现状的表现。台湾的情形可谓幸运得多。在台湾,社会大致可称繁荣而安定,二十多年来,年轻的一代尚少不安的现象。两代之间相异的程度,最多可称"代差",还不致成为"代沟"。每年暑假期间,台湾的大专及高中生,上山越海,参加各式各样的文艺康乐活动,往往多达五六十万人,可谓相当健康的抒发。但是暑假过后,学生回到校里,由于功课太重,而某些学校管教又失之过严,设备又失之过简等,如果家庭又不够理想,则不满之情当然也是有的。

我认为在亚洲某些地区,所谓"代差"的形成,与两代之间接受西化的程度有关。以音乐为例,中年一代的东方人接受西方的古典音乐，都已视为当然，但对于年轻一代欣然接受的摇滚乐，则往往格格不入，甚且讥嘲。古典音乐也许真比摇滚乐"高雅"些，但是在本质上，两者都是从西方来的，听古典音乐并不比听摇滚乐更为"爱国"，就像穿牛仔裤也不比穿正式西装更"崇洋"一样。

台湾青年接受西方文化，可分几个层次。下层者该是接受服装与发式等表面的东西。再上一层大概是听民谣与摇滚乐。最上层的，是吸收文学、艺术、戏剧、哲学等。所谓"代差"，倒不一定是一代比一代西化。以新诗为例，"五四"的新诗人恨不得抛掉文言，台湾的现代诗人却主张酌予采用；在台湾，上一代的作家曾热衷西方的现代主义，但下一代的作家反而鼓吹民族性与乡土感。显然，前述的西化三层次都有"代差"的现象，而层次愈低，"代差"的程度愈高。

自从五四新文化运动以来，有三样东西一直在敲中国的大门：赛先生、德先生、缪斯小姐。赛先生是最受欢迎的。中国文化在科学方面最弱，因此对于外来的赛先生，一点抵抗力量也没有。在美国，年轻的一代为了自然环境而反对科学，至少是反对科学带来的工业文明。但是在开发中的地区如台湾，正欢迎科学之不暇，还没有这种现象。对于民主，中国人的态度仍颇不一致，即使表面上欢迎它的人，也有不少在心里加以怀疑，甚至抗拒。德先生在中国仍是一位名多于实的"嘉宾"。至于文艺，中国自有深长的传统，缪斯小姐赢得了年轻一代的喜爱，但似乎很难取得上一代的信任。台湾的现代作家要"娶"这位小姐，似乎还有相当的困难。三者相比，赛先生人缘最好，并无"代差"问题，德先生人缘较差，缪斯小姐带来的"代沟"最深。

新事物的兴起，引起的代际反应，常有轨迹可寻。祖父一代反对的东西，父亲一代可能视为当然，但是到了儿子的一代又已成为陈迹。每一次的革命，无非是针对上一次的革命。不少所谓"革命家"，到了老年，心灵便关闭起来，不再能接受新的观念，乃成了革命的对象。代际的关系，当然也不是一成不变的。父亲可能渐渐发现，儿子并不是那么幼稚；儿子也可能发现，父亲的看法不尽陈腐。为人子者，终有一天亦为人父。有时，儿子一代会欣赏祖父甚至曾祖父那一代的事物，而使之复兴。先知的影响，往往是隔代的。

"代差"因互相了解而缩短，因误解而加深。了解，是一条双行道。上一代居于领导的优势，掌握着发言权，下一代则每每苦无发言的机会,这样的单行道最容易引起"代差"，久之便成为"代沟"了。如果上一代能跳出"作之师"的绝对主观，耐心听听下一代的意见，情形当可改善。

我对"代差"的看法是相当乐观的。"代差"往往成为推动社会的力量。如果下一代事事萧规曹随，跟着上一代走，这社会怎能进步？一个没有"代差"的社会，必然是死气沉沉、十分闭塞的社会。一个社会不能不变，但也不能变得太快。上一代要拉住它，下一代要推动它，推的力量比拉的力量大，进步便在其中。

梦见父亲

1

近四五年来,我常常梦见父亲,却从未梦见母亲,不知她是否藏在潜意识更深处,轻易不会出现。但据通灵的傅瑜老师相告,在我掷筊卜卦时,母亲的灵魂也追随观音而来。果如此,则我的内疚当更深刻。因为五十八年前,她在台大医院临终前曾经嘱咐我:"好好照顾你父亲。"

2

父亲曾经做过安溪"县长",也在永春县做过"教育局局长"。

他认识母亲,是在"教育局局长"任内:当时父亲的普通话还说不清,更不懂从江苏派来的师范毕业生,也就是母亲,那一口江南腔的常州话。不过有情人终于超越了方言之阻,成了眷属。小时候父亲常不在家,不是宦游在外,就是忙于主持永春同乡会,不然就是为谷正纲的"大陆灾胞救济总会"出差,去海外接应各地的难民。父亲早年在国民党的"海外部"任职,后来转入"侨务委员会",多年担任"常务委员",清高而又低薪,每月只有五百新台币,而我台大毕业后在军中服役,担任"编译官",月薪却有八百。

抗战初期,母亲带我出入于沦陷区,备历惊险,母子同命,片刻不离。所以母子之间的亲切远胜于父子之间,亦即弗洛伊德所谓的"恋母仇父情结"。"侨委会"的省籍结构,是广东人多于福建人,而势力是粤高于闽。小时候我当然听得懂闽南话,后来去中文大学,广州话自然也不陌生。

3

一九四九年,我随父母从厦门去了香港,做了一整年的难民。父亲身上只剩了五千港币,不久恐将山穷水尽。我们和另外两家难民,挤在铜锣湾道某处的四层楼上,我睡的竹床白天收起,晚上才在走道上放下。香港大学的学制异于内地,我也不愿考进去,做港英政府的准公务员。冥冥之中,我知道自己将来会做作家。

有一次我偶然发现苏联发行的一份英文月刊，英译的却是中国新文学的评析，便将之译成中文，投给香港版的《大公报》，竟得了五十元港币的稿费。我即买了三罐555牌的香烟送给父亲。

父亲认为我的大学教育，因战乱而停顿了一年，应该继续，以竟全功。早在我十二岁那年，在重庆乡下读南京青年会中学时，校方的中文课本虽也有选读古文，他认为不够，又教我加读吕祖谦的《东莱博议》和《古文观止》里的知性文章，例如前后《出师表》《留侯论》《五代史伶官传序》《谏太宗十思疏》《辨奸论》、上下《过秦论》等。我读了诸文，甚有启发，但更想读的还是美文。这方面的愿望，例如《赤壁赋》《阿房宫赋》《兰亭集序》《滕王阁序》《春夜宴桃李园序》《陋室铭》等，就由曾任小学校长的孙有孚舅舅来满足。那时我年幼多思，初通文理，所受启发极大：顿时明白，要成为新文学作家，这种根底的修养是必要的。

当时正值抗战，能畅读的书籍不多。家中有一套上下册的《辞源》，我翻来翻去，常对着"秧鸡"一类的词条遐想。而读到李白的诗句"羌笛横吹阿䱇回，向月楼中吹落梅"，也神驰不已。

南京青年会中学远在穷乡，图书馆藏书极少。渐渐，我深感与世隔绝，便开了一批书单，请在重庆市办公的父亲就近采购。隔了一星期，每周往返城乡的"交通工友"老赵，终于步行六十里路，挑了重担，送来内有我等待已久的几本书。我记得其中包括了林琴南译的第一本西书《茶花女遗事》和曹禺译的《柔蜜欧与幽丽叶》

（即《罗密欧与朱丽叶》）。《茶花女遗事》以桐城派的文笔译出，我默诵再三，十分陶醉。曹禺是湖北省潜江市人，普通话有口音，不知为何竟把莎剧的 Juliet 译成"幽丽叶"。我收到这么多名著，兴奋莫名，但是父亲的同事们见了这些书，却认为都非正经读物，竟大摇其头，迸出一句："唉，这样的爸爸！"

抗战胜利，我随父母回到南京，在复原的南京青年会中学毕业，同时考取了金陵大学与北京大学。金陵大学里我们有一个亲戚在职员部门工作，父母曾向其拜托。但北大是我自己考取的，据说数学只得十几分，但中文与英文都遥领他人。我乃振振有词，反驳父母，说我毕竟能自力更生。

一九五〇年自港迁台，父亲就命我去台大考插班。当时我心灰意冷，以为大陆易帜，前途未卜，不如离家工作，何必再入大学。同时，台大的师资会越过北大吗？何必退求其次。但父亲的美意不忍遽拂，终于还是报考了大学。

但是学籍仍有问题。一九四九年从厦门大学去了香港，父亲就坚持要我向厦大索取转学证书。证书到手，日期标的是公元一九四九年。台北师范大学干脆拒绝我申请考插班大二；台大的各院院长一字排开，审查考生资格。法学院长萨孟武只一瞥我的"伪证件"，就嚷道："凭这证件，我非但不能接受申请，还要劝你把它收起，不得招摇！"我大吃一惊，正进退两难，旁边的文学院长沈刚伯却把证件过目，说"这是非常时期，不妨通融"。

凭了这句话，我终于进入台大，插班外文系三年级。

当时台大外文系的教授阵容，并不如我担心的那么差。文学院长是钱歌川，其女曼娜与我是外文系同班同学。外文系主任英千里兼擅英文与法文，有教皇册封的爵位。梁实秋在师大专任，也来台大兼课。台静农任中文系主任，黎烈文在外文系教法文，两人和鲁迅的关系不浅，但均不提往事。后来教我们翻译的吴炳钟，本职为军中文职的"上校"，当时是台湾口译界第一人，对我的鼓励尤大。另外还有英语流利的赵丽莲，曾国藩后人的曾约农，擅长戏剧的黄琼玖，也都是十分称职的老师。幸运的是："五四"人物典范未远，我竟能一一得挹清芬。傅斯年一九五〇年卒于台大校长任内。胡适曾出席我所译《中国新诗选》的庆祝会，并发表感言。罗家伦一九六一年率领我们从台北赴马尼拉参加文学研讨会。改革开放之后，我在中文大学会见了朱光潜、巴金、艾青、王辛笛、柯灵等；其后于一九九二年，应社科大之邀，又在北京拜访了冯至、卞之琳等前辈诗家。

回到一直关心我前途的父亲。我存一连生了四个女儿，做祖父的未曾一言表示失望。母亲逝世后父亲一直不再娶，才得长保家庭和谐。我存主持家务，她的革新父亲一概承受。终于多病的他，虽然长寿，却苦于风湿、失明、行动不便，只能靠一架收音机听一些新闻。我想他是深深怀念着逝世多年的亡妻的，但是并不常提起。这时我应该做却错过未做的，是坐在他的床边，陪他说话，甚至说些故事，回忆往事。他数度问我，是否做了"中山大学"的文学院长，似乎以此为荣。我却淡然回应，连更多的荣誉也不曾向他解释。中国人原就拙于对亲人表达感情，包括称赞对方或适时道歉。我应该做的，是抱住他瘦削的病躯，亲吻他的耳朵，告诉他不要怕，我在这里，不会走开。相信这样的接触，单凭下游的血回溯上游的血，他的恐惧和痛苦就会解脱了一半。有一次我扶他起来吃饭，他抓住我六十多岁仍然结实的肩膀，似乎吃了一惊，似乎令他发现自己已瘦到什么样子。

接近他大去的日子，他开始神志昏迷，口齿不清，会对着虚空嘶喊，也许是对着亡妻在诉苦吧。我应该抱住他的。他失智了吗？他以为是亡妻来接他了吗？我的罪孽有多深重，岂是"不孝"二字所能形容！

《琅琊榜》里，在狱中服毒自尽的祁王，临终时叹说："父不知子，子不知父！"父亲一生爱我，却不知我；我爱父亲，却也不知父亲。父子之间有代沟，并不足怪。我和父亲少有亲近，当然互不了解。在我中学时代，父亲见我不苟言笑，不擅交际，曾对母亲说："这孩子太内向了，不如去改读艺术系。"他大概以为艺术系的学生才够"浪漫"。这令我啼笑皆非。而在我这方面，许多事情也是后来自己身为人父之后才能参透人情世故，终能领悟，并且体会父亲对我的自私、自傲有多么宽容。

尽管如此，他仍然十分长寿，到九十七岁才溘然辞世。

第三章 另有离愁

一九八五年哈雷彗星飞近地球,父亲告诉别人说,他十几岁时已见过哈雷过境。母亲只享年五十三岁,父亲高寿,又大她十岁,所以做了三十四年的鳏夫。

父亲辞世后,在光明王寺做了三天法事,火化后,王庆华端着骨灰罐,陪我们夫妻北上,将它安置在碧潭永春公墓母亲的墓侧,一墓二穴,从此永远和母亲并卧在一起。就这么,永别了我的前半生。只有在每年除夕家祭时,他们的遗像才会并排展现在烛火摇曳、香烟袅袅的供桌上。我写过一首诗,咏叹看父亲火葬的感触:

难忘去年的今日
是一炉炼火的壮烈
用千条赤焰的迅猛
玉石俱焚
将你烧一个干净

净了,腐败的肌肤
净了,劳碌的筋骨
净了,切磋的关节
净了,周身的痛楚
将你烧一个干净

‖ 凡是过去,皆为序曲 ‖

拣骨师将百骸四肢

从炽热的劫灰里

拣进了大理石坛

轻一点吧,我说

不忍看白骨脆散

就只剩这一撮了吗?

光绪的童稚

辛亥的激情

抗战的艰苦

怎么都化了灰烬?

正如三十年前

也曾将母亲的病骨

付给了一炉熊熊

但愿在火中同化的

能够相聚在火中

愿钵中的薄钱纷纷

飞得到你的冥城

愿风中的缕香细细

> 接得通你的亡魂
>
> 只因供案上的遗像
>
> 犹是你栩栩的眸光

4

"但愿在火中同化的／能够相聚在火中",如果以之与我的《五行无阻》一诗相互印证,当亦可彼此发明。五行相生,同"行"相通,也是玄学派诗人邓约翰的诗意所托。近年父亲的魂魄频频入梦,而母亲的却潜于潜意识的深底,像潜水艇一样深沉不浮。但愿有一夜父亲能说动她,带她一起入我的梦来,让我再度见父母同在,有幸变成从前的小孩。

二〇一六年丙申小雪

‖ 凡是过去,皆为序曲 ‖

忆初中往事

我在一九七二年写的一首诗:《乡愁》,迄今四十多年,读者颇多,引述者也不少,将之谱曲者也有几十人;首段就是:

小时候

乡愁是一枚小小的邮票

我在这头

母亲在那头

"小时候",约略指的是我的初中时期,而"这头"和"那头"究竟有多远呢?那时正值抗战年代(一九三七——一九四五),根本尚无手机,连电话在乡下也不方便,通信还得写信,并贴上邮票。整个中学时期，我都在重庆的乡下度过，读的是南京青年会中学，该校因战争由南京迁往重庆江北县（今重庆市渝北区和江北区）悦来场。悦来场是一个小镇，居民在两千人上下，在一般地图上很难找到。这所中学连高中也只有两百多学生，可是师资充实，教学认真，校风也很纯正，现在回顾，我真感幸运。

校长周瑞璋由教会送去美国深造，英文颇有造诣。他的公子周光熙也颇有气质，英文也好。有一年，我这一班是由校长亲自教的，课本里竟有几个字，是从"水仙花"（daffodil）转化而来，竟可分身为 daffydowndilly，非常好听，后来就再也没有看到这种分身了。

使我受益最多的，是教务长孙良骥。他是我们主要的英文老师，教课非常认真、专一，对我也非常鼓励，认为我未来必成大器。他念英语除了稍带南京腔之外，也很正确。对英文文法更分析得十分详尽，到现在我仍有这种功力，所以我班上的研究生也辗转得益。孙老师一生的大业，在于编一本中文成语的英译。一直到现在我遇到一句中文成语，都常想英文该如何翻译，才算妥帖。例如中文有"骑虎难下"的成语，最近我就斟酌，是否可译成 It is fatal to mount or dismount a tiger。现在的我，大概有本领成为孙老师此愿的助手了。孙老师个子矮胖，不免晚婚，同学们背后常称他"孙光头"，我从不"从众"，不过这样的"失敬"，在缺德的中学生之间，原很平常。我多么希望孙老师未遭"文革"

之劫，能亲睹我日后中译的《现代英美诗选》。

回到《乡愁》的首段。在悦来场的小角落里，我每隔一星期要步行近一小时回家：从青年会中学走到悦来场，是平地，穿过那小镇，只要五分钟，然后沿着颇陡的五十级石阶走到缓缓的嘉陵江边，接着是江边的平旷沙地，如果走累了，就逆着江水，向北划游，我游得笨拙，幸好不到十公尺（约 3.33 米）就冲回岸来。艳阳高照，有时就坐在沙地上，掀开亚光地图出版的世界地图册，神游于欧美各国的地势，心中自许，有一天终会走出地图，去实践那些港湾曲折的国家。如此北向约行十五分钟后，就右转上坡，绕过水田进入两坡之间的一道弯谷，接着又是颇陡的上坡，最后才到了一座年湮代远的古屋，朱家祠堂。

当时国民党当政，有一个部门专管海外的党，称为"海外部"，下设一科，专掌海外党籍的登记。日机常轰炸重庆，所以许多机构就疏散到乡下去。父亲奉命到此穷乡成立一个"登记科"，而自己则仍留在重庆办公。那时不比现在的大陆交通四通八达，再远的景点或稍具规模的城市甚至有班机直达。所以僻壤和重庆之间，水路要靠嘉陵江上的小火轮，旱路则有赖骑马甚至步行了。如我记得不错，小镇如悦来场根本没有邮局。

月色清朗之夜，我们最担心日机会侵犯四川，来轰炸重庆。遇到如此的月夜，我们就各备小板凳，去树下"逃警报"。悦来场距重庆约为六十华里（即 30 千米），敌机根本不会来炸乡下，可是这距离却能让我们清晰地看到高射炮和机关枪连续地交锋。日后我在美国开车，形容高速公路上断而复续的分界线，像这种月色之夜，地面和空中交火的情形。

我在南京青年会中学的成绩，中文和英文总在前茅，久之竟自命不凡，有天才的幻觉。可是在我进入初中之初，校中来了一个过境之高二插班生，名叫袁可嘉，日后他转去了西南联大，得以挹名师之清芬，做了朱光潜一辈的高足。当时他应该是全校才学最富的学生，所以被选为军训的大队长。我吃饭最慢，总是他按规定之后，大喊"起立"，并向训育主任鞠躬，再喊一声"解散"。见我仍在划饭，会过来劝喻我"下次吃快一点"。抗战结束，他回到上海，名字常出现在《大公报》很专业的副刊上，令我十分钦羡。他在青中挂单只有一年，我当时太小，尚不足预知他"终非池中物"。可是从他鹤立的风度和超卓的气概上，已敏感到他匆匆去昆明，是明智之举。从此，我提高了眼界，悟出了天外有天。

初中时期，甚至包括高中初年，我在青中的最好朋友是吴显恕。四川人把"地主"之家称为绅粮，显恕应该来自绅粮家庭，口音是本地人，家究竟在何处，我并不清楚，可能就是江北县。他的头有点尖，五官忠厚，富幽默感，尤其在纪念周之类的严肃场合，台上的主持人正大言炎炎，他就抑低声音在我耳边挖苦他的荒谬，惹得我哭笑不得。

吴显恕对文学也颇有颖悟，乐于和我逃课，和我一起并坐在石阶上，念《西厢记》或其他名著。有一次，我们念到苏曼殊的《断鸿零雁记》中有"一时蝉声四彻……"之句，我们竟感动得交口艳羡。又一次，共念当时风行的《婉容词》，也很有同感。该书咏叹一女子之被弃，开始一句是"天昏地暗，美洲在哪边"。

显恕家既富有，藏书自多。记得某次他从家里带来一本大辞典，很重，我从中发现"英文最长的词"：floccinaucinihilipilification，欢喜之余，考同学们举出英文长词。他们推出 extraterritoriality，输给了我。

又有一次，他从家中带来一书，说是袁枚所著，其中游及武则天宫闱之私，真是我们私窥之秘籍。袁枚奇才，写出此书确有可能。

显恕出身于"地主"之家，"文革"时恐难逃批斗大劫。抗战胜利，我随父母回去南京，从此失去了联络。我甚至不知道他是否还在人间。我的怀乡诗《乡愁》传回了大陆，颇为流行，也许他也看到。我在亮里，他在暗中，如果他看到，想必会先联络我。"文革"浩劫，牵连很广，受害者不可胜数。就算他逃过一劫，也不能盼望他如我长寿。如果有人见吾文而知显恕下落或后事者，请尽远告知，以慰我心中久望。

二〇一七年十月二十一日

朋友四型

一个人命里不见得有太太或丈夫，但绝对不可能没有朋友。即使是荒岛上的鲁滨逊，也不免需要一个"礼拜五"。一个人不能选择父母，但是除了鲁滨逊之外，每个人都可以选择自己的朋友。照说选来的东西，应该符合自己的理想才对，但是事实又不尽然。你选别人，别人也选你。被选，是一种荣誉，但不一定是一件乐事。来按你门铃的人很多，岂能人人都令你"喜出望外"呢？大致说来，按铃的人可以分为下列四型：

第一型，高级而有趣。这种朋友理想是理想，只是可遇而不可求。世界上高级的人很多，有趣的人也很多，又高级又有趣的人却少之又少。高级的人使人尊敬，有趣的人使人欢喜，又高级又有趣的人，使人敬而不畏，亲而不狎，交结愈久，芬芳愈醇。

譬如新鲜的水果，不但甘美可口，而且富于营养，可谓一举两得。朋友是自己的镜子。一个人有了这种朋友，自己的境界也低不到哪里去。东坡先生杖履所至，几曾出现过低级而无趣的俗物？

第二型，高级而无趣。这种人大概就是古人所谓的净友，甚至畏友了。这种朋友，有的知识丰富，有的人格高超，有的呢，"品学兼优"像一个模范生，可惜美中不足，都缺乏那么一点儿幽默感，活泼不起来。你总觉得，他身上有那么一个窍没有打通，因此无法豁然恍然，具备充分的现实感。跟他交谈，既不像打球那样，你来我往，此呼彼应，也不像滚雪球那样，把一个有趣的话题愈滚愈大。精力过人的一类，只管自己发球，不管你接不接得住。消极的一类则以逸待劳，难得接你一球两球。无论对手是积极或消极，总之该你捡球，你不捡球，这场球是别想打下去的。这种畏友的遗憾，在于趣味太窄，所以跟你的"接触面"广不起来。天下之大，他从城南到城北来找你的目的，只在讨论"死亡在法国现代小说中的特殊意义"，或是"爱斯基摩人对于性生活的态度"。为这种畏友捡一晚上的球，疲劳是可以想见的。这样的友谊有点像吃药，太苦了一点。

第三型，低级而有趣。这种朋友极富娱乐价值，说笑话，他最黄；说故事，他最像；消息，他最灵通；关系，他最广阔；好去处，他都去过；坏主意，他都打过。世界上任何话题他都接得下去，至于怎么接法，就不用你操心了。他的全部学问，就在不让外行人听出他没有学问。至于内行人，世界上有多少内行人呢？所以他的马脚在许多客厅和餐厅里跑来跑去，并不怎么露眼。这种人最会说话，餐桌上有了他，一定宾主尽欢，大家喝进去的美酒还不如听进去的美言那么"沁人心脾"。会议上有了他，再空洞的会议也会显得主题正确，内容充沛，没有白开。如果说，第二型的朋友拥有世界上全部的学问，独缺常识，这一型的朋友则恰恰相反，拥有世界上全部的常识，独缺学问。照说低级的人而有趣味，岂非低级趣味，你竟能与他同乐，岂非也有低级趣味之嫌？不过人性是广阔的，谁能保证自己毫无此种不良的成分？如果要你做鲁滨逊，你会选第三型还是第二型的朋友做"礼拜五"呢？

　　第四型，低级而无趣。这种朋友，跟第一型的朋友一样少，或然率相当之低。这种人当然自有一套价值标准，非但不会承认自己低级而无趣，恐怕还自以为又高级又有趣呢。然则，余不欲与之同乐矣。

‖ 凡是过去，皆为序曲 ‖

另有离愁

　　学者作家之流，在今日所谓的学府文坛，已经不可能像古人那样"目不窥园、足不出户"了。先是长途电话越洋跨洲，继而传真信函即发即至，鞭长无所不及，令人难逃于天地之间。在截止日期的阴影下，惶惶然、惴惴然，你果然寝食难安，写起论文来了，一面写着或是按着，一面期待喜获知音的快意，其实在虚荣的深处，尽是被人挑剔，甚至惨遭围剿的隐忧，恐怖之状常在梦里停格。

　　截止日期终于到了，甚至过了。你的论文奇迹一般，竟然也寄了出去，跟许多不相干的信件一起，在空中飞着。不久你也在空中飞着，跟许多不相干的旅客挤在一起。

　　机场、巴士、旅馆、钥匙、餐券、请帖，你终于到了。接着你发现自己握着一杯鸡尾酒或果汁，游牧民族一般在欢迎酒会的大厅上"逐水草而立"。其实，人潮如水，你只是一片浮萍，跟其他的"贵宾"萍水相逢而已。你飘摇在推挤之间，担心撞泼了人或被人撞泼。一只手得紧握酒杯，另一只手得在餐盘与"友谊之手"之间不断应变。还要掏名片，就需要第三只手了。人影交错、时差恍惚之际，你瞥见有一片美丽的萍在远处浮现，正待拨开乱藻追过去，说时迟，那时快，一只"友谊之手"无端伸来，把你截下，劫下。于是互道久仰，交换名片，保证联络，甚至把身边凑巧或不凑巧的诸友都逐一隆而重之地介绍遍了。再回头时，那人早已不在灯火阑珊处。这种盛况，王勃早已有言："十旬休暇，胜友如云；千里逢迎，高朋满座。"在重聚兼新交的欢乐气氛中，论文的辛苦，长途的折磨，甚至行李下落不明，都似乎变得不太重要，连学界的二三宿敌也显得有点亲切了。

　　真正开起会来，不少学者虽然大名鼎鼎，却是开口不如闻名。学术界常有的现象，是想得妙的未必写得妙，写得妙的未必讲得妙。古人有"锦心绣口"之说，其实应该三段而论，就是"锦心"未必"彩笔"，"彩笔"未必"绣口"。所以论文而要宣读，如果那学者咬字不准，句读不明，乡音不改，四声不分；或者是说得太慢，拖泥带水，欲吐还吞；或者是说得太急，一口滔滔，众耳难随，那锦心不免就大打折扣，而彩笔也就减色了。

　　大型的研讨会之类，其实也是一种群众场合，再深刻的论文，再隆重的宣读，也不妨多举实例，偶用比方，或故作惊人之语，或穿插一二笑话，来点"喜剧的发散"。如果一味宣读下去，则除了沉闷之外，还会有这么几个恶果：反应慢的听众会把尊论翻来掀去，苦苦追寻你究竟读到了哪里。反应快的，早已一目十行超过了你，不久已经读完，不必再听你哓哓了。剩下的一些只觉心烦意乱，索性把论文推开，在时差或失眠的恍惚之中，寻梦去了。有一位朋友就说过：研讨会上，正是补觉的好去处。而且，他补充一句，台上一人自言自语，正好为了台下众人催眠。这缺德话令人想起王尔德消遣同行皮内罗的某剧，说是教他"从头睡到尾的最佳剧本（the best play I've ever slept through）。"

除此之外，会场上还有两样东西令人不安：一样是催魂的计时铃，另一样是催耳的麦克风。计时铃是由一位少女的纤指轻轻点按，其声叮玲悦耳，但是传到当事人的耳里，却惊天动地，变成时间老人的警钟，警告他大限到了。这是截止日期的化身，截止的不是悠悠的日期，而是匆匆的分秒，可以称为dead-minute。叮玲一响，时间好像猛一抽筋。机警的当事人当机立断，悬崖勒马。差一点的知道大势已去，无心恋战，没几个回合，也就落荒而逃了。碰到麻木的或是霸道的，对一迭声的警铃根本充耳不闻，对时光的催租讨债完全无动于衷，简直要不朽了。这时，主席早已扭颈歪头，对他眈眈虎视。台下的众人更是坐立不安，只差大吼叫他下台。"世界上有这么不识相的人！"下一位讲者在心里咒着,也转头向独夫怒目。过了一个世纪,独夫终于停了。从永恒的煎熬中解脱,大众已经无力愤怒,只有感激。

麦克风更是全场成败的关键。一架好麦克风,遇弱则弱,遇强则强,其实是无辜的。可惜济济多士,竟有一大半不知道如何待它,不是把它冷落在一旁,只顾自言自语,害得所有的耳朵都竖直如警犬,便是过分重用,放在嘴边,像在舔甜筒,更像在吹警世的号角,害得所有的耳朵迅雷难避。美国人把麦克风前的怯场叫作 mike fright。重用麦克风的讲者却相反,只顾对着它杀伐嘶喊,喊得全场的听众刺耳催魂,六神无主。麦克风变成了麦克疯,催人欲疯。好不容易那麦克狂风终于停了,宇宙顿然恢复了安宁。听众也才恢复了自己呼吸的节奏。

计时铃叮叮,麦克风隆隆,不觉研讨会已经"圆满闭幕"。满座高朋就将风流云散,离愁顿生。大型国际会议的"离愁"别有所指,不是指沉重的别情,而是指沉重的书。原来行装初整,论文稿件之外,总不免带些书来,无非是自己的新著,好与学友文朋交换一番。每次都天真地自我安慰:"等送完了,回程就轻松了。"不料热情的朋友送书更多,加上二三十份论文,不知有多少公斤。眼看着又要提得肩酸手痛,想起家里书斋的书灾,还得把这一批书带回去,变本加厉,心情只有更沉,哪有什么"满载而归"的喜悦?

这一大堆沉甸甸的巨著,带回家去是不智,不带回去是不仁。

就这么丢在旅馆里扬长而去吗？太绝情了吧？丢人书者，人亦丢之。想想看，你自己送给别人的呕心之作，忍令流落在海外的垃圾箱底吗？别提什么心灵的结晶了，即以形而下观之，当初造纸牺牲了多少美丽的树啊。既然提得起，就不该放下。于是满载而归。

第三章 另有离愁

析论我的四度空间

　　乡愁是人同此心、举世皆然的深厚感情，对于离家甚至去国的游子尤为如此。世界各民族的文学之中，乡愁都是十分重要的主题。中国古代的诗歌，如《离骚》《诗经》《古诗十九首》，唐诗，宋词，等等。乡愁主题之作，不但普遍，而且动人。中文成语之中，类似"兔走旧窟、狐死首丘"之说，也比比皆是。当年我离开大陆，已经二十一岁，汉魂唐魄入我已深，华山夏水，长在梦里。日后更从我国台湾三去美国，乡思尤甚，所以乡愁的诗写了很多。二十一岁的少年，不但嗜读古文与诗词，抑且熟悉旧小说如《三国演义》《聊斋志异》《西游记》《水浒传》《红楼梦》，等等。中国文化在我的心底已烙了胎记，拭之不去。如果当日我来台湾，只是十二三岁的孩子，则恐根底不深，就不足以言乡愁了。

迄今我成诗千首,乡愁之作大约占其十分之一。与此相近之作尚有怀古、咏物、人物等主题,数量亦多。但在乡情之外,我写得很深入的主题还包括亲情、友情、自述、造化各项。因此强调我是"乡愁诗人",虽然也是美名,仍不免窄化了我。

乡愁的格局有小有大:"来时绮窗前,寒梅着花未",小而亲切;"万里悲秋常作客,百年多病独登台",大而慷慨。境界有大小,感情则同其深长。小我的乡愁,思念的是一事一物,一邻一里。大我的乡愁则往往兼及历史、民族、文化,深长得多,也丰富得多。所以乡愁之为主题,不应仅限于地理之平面,亦可包容时空交织、人物相应之立体。我写乡愁,格局有小有大。闻蟋蟀而思四川,见风筝而念江南,那还是小我。《乡愁》一诗中,邮票、船票还是自传性的小我,到了"一湾浅浅的海峡",便是民族的大我了。《只为了一首歌》开头的几句:"关外的长风吹动海外的白发/萧萧,如吹动千里的白杨/我回到小时的一首歌里/万里长城万里长/长城外面是故乡……"里面有地理,更有历史,抗战的记忆,被童年永远难忘的一首歌挑起。

单纯的抒情,凡诗人都会,但是怀古咏史、评断人物的诗,则于抒情之外还要有见识,才能把一个人物放在他时空交织的文化背景上来评价。一味直接地褒贬会失之武断或浅露,真正的高手应该知道如何即景、即事、即物,左右逢源、前后呼应地把描写和叙事穿插得生动感人。行有余力,诗人还可以加上幽默、调侃的谐趣。杜甫写武侯、李白、曹霸、公孙大娘、饮中八仙、三吏三别等杰作,对象与风格各异,实开人物诗之洋洋大观。苏轼推崇韩文公,调侃陈季常之作,有庄有谐,而《读孟郊诗二首》与杜甫《戏为六绝句》一样,同为以诗论诗,也是题咏人物诗的变体。

我用诗来写诗人,包括题屈原六首、李白四首、杜甫三首,更及于曹操、陈子昂、杜牧、李清照、济慈,与现代诗人如周梦蝶、痖弦、郑愁予、罗门、张错、叶珊、陈黎、林彧、流沙河,等等。不过这些诗比起中国传统的论诗绝句来,篇幅都更长,内容也更繁复。例如《与李白同游高速公路》不但长达四十六行,更引进西方"戏剧性独白"(dramatic monologue)的诗体,将李白置于现代社会之中,而使古今交融互动。至于咏杜甫晚年心情的《湘逝》,也是从诗圣的生平与后期作品中就地取材,用杜甫自己的口吻来呈现,篇幅更达八十行。

诗人之外,艺术家我也咏过不少,最多的是梵高,共有五首,因为我早年译过《梵高传》,后来论述其人其艺的文章也有四篇,梵高的原作也细看过不下百幅。他如仇英、傅抱石、吴冠中、席德进、刘国松、楚戈、江碧波、董阳孜、杨惠姗、王侠军等,也各有题咏。古人如荆轲、李广、昭君、史可法、孙中山、蔡元培、甘地也在此列,咏甘地的多达三首。神话与传说人物也都能激发我的想象,例如后羿、夸父、女娲、观音。总之,实有其人,就以信史为经,同情的想象为纬,事求其实,情求其真,更以独特生动的角度切入并淡出,夹叙夹议,始能为功。例如李广射虎入石一事,太史公只有一句话:"广出猎,见草中石,以为虎而射之,中石,没镞,视之,石也,因复更射之,终不能复入石矣。"由我来写,就得考验自己的想象力,把《史记》之句更加发挥,结果如下:

弦声叫,矫矫的长臂抱
咬,一匹怪石痛成了虎啸
箭羽轻轻在摇

中国古典诗咏人物,最重见识。品评他人之际,也每每会泄露诗人自己的气度:感性再美,仍需要知性来提升。龚自珍《己亥杂诗》咏陶潜三首绝句,便一反陶诗冲淡的实论,却说陶诗的风骨自有侠骨:"莫信诗人竟平淡,二分梁甫一分骚";又说"颇觉少陵诗吻薄,但言朝叩富儿门",反而小贬杜甫一下。其实杜牧和王安石也每作翻案文章,启人深思。现代诗步西方之后尘,奢言"发掘自我",结果未见深度,却病狭窄:舍古典传统而不顾,非常可惜。

我在南京大学、厦门大学、台湾大学念的都是外文系;后来教学也都是教外文系,唯一例外是一九七四——一九八五年,在香港中文大学中文系任教。我在四川读高中时,英文一直很好,甚至可以读一些较浅近的原文名著,例如兰姆的《莎翁乐府本事》(Charles Lamb：*Tales from Shakespeare*),也读过英文译本的《托尔斯泰短篇小说选》。当时正值抗日战争,四川盆地几乎与外隔绝,令人对西方十分憧憬。所以考大学时我唯一的选择便是外文系。

通一种外文,尤其是主流语文的英文,等于多开一面窗子,多开一扇门,通向另一个世界,心灵的空间扩大一倍。译文的间接沟通,远非原文的直接经验可比。读通英文之后,再回顾中文,才会更了解中文的特色。例如英文词汇虽然丰富,但是竟无一词与中文的"霞"相同。中国的传统水墨画画不出晚霞;西方的印象派油画最擅画朝阳与夕照,但西文没有相当于"霞"的词,所以西方人绝对不会像我一样欣赏"落霞与孤鹜齐飞"之美。但是反过来,读遍中国的古典诗,也不会遇见西方的一大诗体:"无韵体"(blank verse),不会领悟工整的诗句虽不押韵,却另具节奏开合吞吐之美。因此莎翁的剧中对话,弥尔顿史诗的体裁都用了这种诗体,而另具高古朴素之感。

我熟读上千首英美名诗,不但教这一课已近五十年,而且还译过近三百首英诗。英诗的主题、句法、节奏、韵律、诗体、意象等早已深入我的感性,丰富了我的诗思、诗情,成为我"诗艺"的不可或缺成分。对于我的诗艺,中国古典诗是主流,西方诗是一大支流,至于"五四"以来的新诗,只是古典诗浅短的下游而已,不但三角洲有些淤塞，而且风景远不如上游与中流。

诗艺上，新诗能向西方诗乞援的地方不少。例如中国古典诗几乎没有回行，西方诗则并用"煞尾句"（end-stopped line）与"待续句"（run-on line）而变化句法与节奏，因此比中国古典诗更具伸缩自如的弹性。回行如能适度省用，当可收悬宕之功。不幸今日的新诗作者往往滥用回行，乃使节奏涣散，语气迂回，读来零碎不畅。

意象与节奏，是诗艺的两大要件，必须齐备，诗才能生动而流畅。诗有意象，才不会盲，有节奏，才不会哑。意象、比喻、象征三者之间，常常不易区别。大致说来，意象较为单纯，象征就比较繁复。例如"采菊东篱下，悠然见南山"，唤起的视觉十分鲜明，但并无比喻，只是即事即景而已。又如欧阳修的《再过汝阴》："黄栗留鸣桑葚美，紫樱桃熟麦风凉。朱轮昔愧无遗爱，白首重来似故乡"，四句都以鲜明色彩开头，真是明媚极了，却不牵涉比喻。比喻必须主客呼应，虚实相生，才能成立。例如"山是眉峰聚，水是眼波横"，山水是实，眉眼是虚，把山水拟人化，实者虚之，美感就在其间。更妙的是峰从山来，波从水起，巧接天然，戏法变得手脚伶俐，不留痕迹。再如"思君如满月，夜夜减清辉"，是以月比人：月满光盈，但是月盈之后，逐夜转亏，也就是"减清辉"，正如情人害相思，也是逐夜消瘦，一夜比一夜容光暗淡。所以"思君"是实，"满月"是虚，虚实之间有"夜夜"来转位：望月要在夜晚,相思也因夜转深。至于"春蚕到死丝方尽,蜡炬成灰泪始干"则是象征,因为它虽然实指爱情的无怨无悔,至死不渝,但字面却是具体而生动的意象:蚕丝与蜡泪。

我自己诗中的意象,上承古典诗词,旁采西洋诗歌,有单纯的比喻,也有较为繁复的意象结构(imagery)。例如下面这两首单品,便是单纯的比喻:

水

水是一面害羞的镜子
别逗她笑
一笑,不停止

海峡

早春的海峡
那么大的一块蓝玻璃
风吹皱

但有些意象更为繁复,就需要更高的诗艺来经营,例如《山中传奇》的前四行:

‖ 凡是过去，皆为序曲 ‖

> 落日说黑蟠蟠的松树林背后
> 那一截断霞是他的签名
> 从焰红到烬紫
> 有效期间是黄昏

断霞因落日而起，犹如落日亲手签了美丽的名字，自然的景观就引起了人事的关系。支票上签了名，有一定的生效期，过此便作废了；犹如落日挥霍的晚霞，要欣赏便得及时，否则就被夜色吞没。这种隐喻（metaphor）其实就是"拟人化"的修辞：客观之景物用主观之人事来诠释。再举我的《绝色》第一段为例：

> 美丽而善变的巫娘，那月亮
> 翻译是她的特长
> 却把世界译走了样
> 把太阳的镕金译成了流银
> 把烈火译成了冰

月光是日光的反射：如果日光是原文，月光便是译文了，所以月亮是一位翻译家，其译文比原文更美，更神秘。这样的"拟人化"意象，我相信，比民初的新诗委婉得多。

前面我说过，古典文学是我写作生命的主流，也是上游，而古典文学的载体，文言文，更是我写作语言的根底、骨架。不读文言，几千年的中华文化，包括文学，何从吸收。不熟读古典诗文，就不会见识到中文能美到什么程度，也不会领悟古人的造诣已抵达怎样的深度、高度。一位作家笔下，如果只能驱遣白话文，那么他的"文笔"只有一个"平面"。如果他的"文笔"里也有文言的墨水，在紧要关头，例如要求简洁、对仗、铿锵、隆重等，就招之即来，文言的功力可济白话的松散与浅露。一篇五千字的评论，换了有文言修养的人来写，也许三千字就够了。一篇文章到紧要关头，如能"文白相济"，其语言当有"立体"之感。所以我的八言座右铭是："白以为常，文以应变。"如果作者还通外文，而在恰当之处又引进方言、俚语，那"八字诀"还可扩到十六字，加上"俚以见真，西以求新"。一位作者能掌握这么多语态，他的筹码当然比别人多，而文言正是一张王牌。我的诗、文，往往在推向高潮之际运用了文言的功力，而这是迷信白话万能的作家无能为力的，例如《夜读曹操》的终篇：

也不顾海阔，楼高
竟留我一人夜读曹操
独饮这非茶非酒，亦茶亦酒
独饮混茫之汉魏

‖ 凡是过去，皆为序曲 ‖

独饮这至醒之中之至醉

文言不但撑持了我的白话文，更成为我翻译英文诗的筹码。莎翁是四百年前的诗宗，济慈是两百年前的天才，其诗均古色古香，甚至使用 thou、thee、thy 等古语，何以一定要用今日的白话，而不能酌用一些文言来译？所以我译叶芝名诗《华衣》（*A Coat*），干脆用文言来追摹他老练简洁的诗体，译文如下：

为吾歌织华衣，
刺图复绣花，
绣古之神话，
自领至裾；
但为愚者攫去，
且衣之以炫人，
若亲手所纫。
歌乎，且任之！
盖更高之壮志
在赤身而行。

陈水扁当局在政治"台独"之外，更力行文化上的去中国化，实为不智。我和那时的教育部门负责人杜正胜在媒体上几度争论，为的正是教育机构要把语文上课时数减少,把"中华文化基本教材"(论、孟选文)由必修改为选修,更把原来课文中文言与白话的比例由六十五比三十五,骤减为三十五比六十五。中华文化有精华也有糟粕,今人当去芜存菁,扬其真谛,却不可一律妄加否定。其实"文革"期间的破四旧,已经证明中华文化不可妄去。

我一生经营四大文类:诗、散文、评论、翻译,迄今写作不辍。最早锐意攻坚的,是诗;第一首诗《沙浮投海》写于南京,时年二十岁。至于写散文,则始于二十四岁,第一篇《猛虎和蔷薇》虽然是在评论文章风格,其实是刻意在写美文。不过我认真写抒情散文,从小品发展到"大品",而且在散文艺术上抑"五四"早期的小品而创"现代散文"之说,则是在二十世纪六十年代的初期。在《剪掉散文的辫子》一文中,我指出当时流行的散文,承袭"五四"之余风,不但篇幅短,格局小,而且有三大毛病:一是学者的散文,包括国学者文白夹杂的语录体和洋学者西而不化的译文体;二是伤感柔媚的花花公子体;三是清汤挂面不求有功但求无过的浣衣妇体。后来我又鼓吹,散文家应力矫时弊,一扫阴柔,追求大格局新气象的阳刚文风。我把理想中的"大品"称为"重工业",像贾谊的《过秦论》,司马迁的《报任少卿书》,像苏轼的《潮州韩文公庙碑》。在我这一类"大品"里,可称代表作的,应包括《逍遥游》《咦呵西部》《望乡的牧神》《听听那冷雨》《我的四个假想敌》《风吹西班牙》《红与黑》《桥跨黄金城》，等等。至于《圣乔治真要屠龙吗？》和《山东甘旅》等篇，则都长逾万言。当然，仅凭篇幅之长，仍不足以称大品。真正的大品，还得内容丰富，见解出众，风格则兼具知性与感性，语言也应能屈能伸，有弹性。近年余秋雨的文化散文，把读者带到"文化现场"的景点去，夹叙夹议，寓见解于抒情，也称得上大品。不过黄国宾称我的散文为大品，是因为他谬赏拙作在推向高潮时，能把感性"开足"，尤其是动感，于是语言的节奏与气势，臻于交响乐的盛况。这却不是余秋雨所要的效果。

也有某些论者认为我的大品太浓，太盛气逼人。我的答复是：长此以往，会有此病。我对文体，有心多方面试验，小品与杂文的产量也并不少。大品散文是我的壁画巨制。我想大画家该不会安于只画速写与水彩吧。

散文是相当庞杂的文类，与其他文类的分界也不很清楚。例如抒情文、写景文就近于诗，散文家若无诗才，这两种散文就写不好。又如叙事文，就近于小说，如果其中对话不少，则近于戏剧。议论文如果功架十足，过分严谨，又近于正规的学术论文。介于其间的还有身份暧昧的杂文，此体写得太抒情，就成了小品文，或者高不成低不就的散文诗；另一方面，如果说理太多，又成了议论文。议论文和杂文，应属知性散文；抒情文、写景文、叙事文等，应属感性散文。要称得上散文大家，必须兼擅两者，才能左右逢源，软硬兼施。偏才的散文家或擅言情，或擅议论，真正的通才既有能想的头脑，又有善感的心肠，才能无往不利，情理交融，让读者亲近作家的完整人格、风格。同一大家的杰作，风格也呈各异的比例，例如苏轼的赤壁二赋，《前赤壁赋》始于抒情写景，却继之以议论，那议论以水月为喻，来说人生与造化的常与变，盈亏虚实之间不必拘泥于变，自可安心于常。东坡为客解变化之惑，是智者的形象。可是到了《后赤壁赋》，"曾日月之几何，而江山不可复识矣"，却把情绪置于变中。东坡不再是智者，但是他毕竟"摄衣而上，踞虎豹，登虬龙……盖二客不能从焉"，还是一位勇者。前赋较具知性，至少是兼容知性与感性；后赋就舍哲学而营叙事，以感性为主了。

我常以旗杆喻知性，而以旗喻感性：有杆无旗，就太硬了；反之，有旗无杆，又太软了。风格就是长风，有杆有旗，就飘扬多姿。钱锺书的散文比起梁实秋的来，较富知性，所以多理趣；梁实秋则较多情趣。鲁迅与周作人兄弟之间，也似有理趣与情趣之分。王鼎钧与张晓风似乎也形成类似的对照。我自己的散文也不妨如此并观。偏重抒情而富于情趣的代表作，应包括《听听那冷雨》和《我的四个假想敌》；偏重理念而富于理趣的代表作，则应举《开卷如开芝麻门》《天方飞毯原来是地图》。

幽默起于人生之荒谬与无聊，对于生命的困境甚至悲剧，是一帖即兴的解药。现实逼人，不留余地，勇者起而反抗，仁者低首救难，唯智者四两拨千斤，换一个角度来看，竟能一笑置之。

金圣叹抗粮哭庙，临刑竟能自嘲，说杀头是天下最痛快的事。英国的作家兼重臣托马斯·莫尔得罪了国王亨利八世，被判叛国，在断头台上竟从容将胡须捋开，说胡子无辜，并未得罪君王。这种黑色幽默能把悲剧化成喜剧，真是幽默到家，非常人所及。

钱锺书年轻时笔锋犀利，伤人无数，一时成了文坛的独行侠，左批鲁迅的严肃，好为青年导师，右刺林语堂的幽默文学，称之为"卖笑"。

在《余光中幽默文选》的自序《悲喜之间徒苦笑》里我这样说："幽默常与滑稽或讽刺混为一谈。大致说来，幽默比较含蓄、曲折、高雅，滑稽比较露骨、直接、浅俗；所以滑稽能打动小孩子，而幽默不能。另一方面，幽默比较愉快、宽容，往往点到为止，最多把一个荒谬的气泡戳穿，把一个矛盾的困境点出。以子之矛攻子之盾，是幽默最好的手段。讽刺就比较严重、苛刻，怀有怒气与敌意。讽刺可以用来对付敌人，幽默，却不妨用来对待朋友，甚至情人。"萧伯纳与王尔德并为爱尔兰大作家，均以词锋犀利闻名。不过萧伯纳是庄谐交加的讽刺家，唯美的王尔德却是轻于鸿毛、细若游丝的幽默家。我的幽默感近于王尔德，所以他的四部喜剧由我译成中文，乃理所当然。王尔德若懂中文，想必欣然而笑，未必会说出缺德话来。

钱锺书和梁实秋的幽默文章，均属小品。我的这类文章里却也有一些"大品"，例如《如何谋杀名作家？》《沙田七友记》《牛蛙记》《我的四个假想敌》《饶了我的耳朵吧，音乐》等，不下十篇。

　　幽默是敏锐的心灵，在精神饱满生趣洋溢的状态下，对外界事物的自然反应。这种境界有如风行水上，自然成纹，不能作假，也不能事先准备，刻意以求。世界上多的是荒谬的事，虚妄的人，天生诙谐的心灵，当可左右逢源，随地取材，用之不竭。刻意取笑的人往往是贫嘴，是笑匠。真正的幽默感其实也是一种灵感，不召自来，但是要等善于表达的人，才能信口道来，信手写来，而成就语妙天下的美谈。

　　有一次，电视记者对我说："有人又在电视上骂你了。"我笑答："真的吗？太感动了。隔了这么多年，还没忘记我。可见我的世界早已没有他，他的世界却不能没有我。"幽默，正是让伤口变出玫瑰来的绝技。

　　中国古典文学的传统，常把"诗文双绝"引为美谈。这情况和西方颇不相同：西方的大作家罕见诗文兼擅，虽然弥尔顿、雪莱、柯立芝、安诺德、艾略特等名诗人也是文章高手，但其文章多为评论而非抒情散文。英国文学史上多的是大诗人兼批评家，但是英国大诗人而能写出《赤壁赋》或《阿房宫赋》的，却绝对罕见。试看唐宋八大家里，除了苏洵不擅诗而苏辙、曾巩诗才不高之外，其余五家可都是诗文双绝。其中苏轼旷世奇才，不但诗文双绝，而且每每诗文同题而风格各异。例如散文两写赤壁，前后二赋各有妙境，意犹未尽，更发而为赤壁怀古的名作《念奴娇》。又如在长诗《寄吴德仁兼简陈季常》之中，把陈慥取笑成惧内的丈夫，落得"季常癖"一词的笑柄；但是在《方山子传》的文章里，却把这"懦夫"写成了豪侠兼隐士。其实杜甫也曾同题分写：例如在名诗《画鹰》之外他还写过《雕赋》一文，而题咏曹霸画作的两首诗外，又写过《画马赞》一文。不过诗文相比之下，他的文章大为失色，只能当作写诗之前的草稿而已，因此无法赢得"双绝"的美誉。

我自己诗文都多产，而且同题分写的例子也不算少。从一九七四年到一九八五年，我一直在香港的中文大学教书，沙田山水之胜，入我的散文则成了《沙田山居》与《春来半岛》，而以之入诗则有《山中传奇》《山中暑意七品》《山中一日》《松下无人》《松下有人》《一枚松果》《插图》《松涛》《初春》《黄昏》《蛛网》《夜色如网》《十年看山》《沙田秋望》等篇。一九八五年秋天，从香港回到台湾，定居高雄，于是轮到南台湾的山水风物进入我的作品：成为散文的有《隔水呼渡》散文集中从《隔水呼渡》到《木棉之旅》的五篇长文；成为诗的则多达六七十首。我的中学时代在四川度过，印象非常深刻，悠久的记忆可见我的《思蜀》一文，入诗的包括《蜀人赠扇记》《回乡》《桐油灯》《火金姑》等篇。此外如美国经验入散文的非常多，可以《四月，在古战场》《塔》《咦呵西部》《望乡的牧神》《地图》等为代表，而相应入诗的也有很多，包括整本诗集如《万圣节》与《敲打乐》，以及《白玉苦瓜》的前六首。有人问我，兼擅诗文的作者要写某一主题时，究应选择何种文体。我的答复是：诗是点的跳接，散文是线的联系。某一美感经验，欲记其事，可写散文，欲传其情，可以写诗。

我一直主张，评论家也是一种作家，不能逃避作家的基本条件，那就是，文章必须清畅。评论家所评，无非是一位作家如何驱遣文字。他既有权利检验别人的文字，也应有义务展示自己驱遣文字的功夫。如果连自己的文字都平庸，他有什么资格挑剔别人的文字？手低的人，眼会高吗？

我所乐见的评论家应具备下列几个条件：在内容上，他应该言之有物，但是应非他人之物，甚至不妨文以载道，但是应为自我之道。在形式上，他应该条理井然，只要深入浅出，把话说清楚便可，不必以长为大，过分旁征博引，穿凿附会。在语言上，他应该文采出众，倒不必打扮得花花绿绿，矫情滥感，只求在流畅之余时见警策，说理之余不乏情趣，若能左右逢源，拈来妙喻奇想，就更动人了。

反之，目前的一般评论文章，欠缺的正是前述的几种美德。庸评俗论，不是泛泛，便是草草，不是拾人余唾，牵强引述流行的名家，便是旧习难改，依然仰赖过时的教条。至于文采平平，说理无趣，或以艰涩文肤浅，或以冗长充博大：注释虽多，于事无补，举证历历，形同抄书，更是文论书评的常态。

我自己写评论，多就创作者的立场着眼，归纳经验多于推演理论，其重点不在什么主义，什么派别，更不在用什么大师的当红显学来鉴定一篇作品，或是某篇"书写"是否合于主流。我只是在为自己创作的文类厘清观点，探讨出路。我只能算是圆通的学者，并非正统的评论家。我写的是经验老到的船长之航海日志，不是海洋学家的研究报告。

我自称一生经营的四度空间是诗、散文、评论、翻译。翻译虽然排在最后，但也是我同样努力的一大空间。我在大学毕业的那一年（一九五二）就翻译了《老人与海》（Hemingway：The Old Man and the Sea），三年后又译了《梵高传》（Stone：Lust for Life）。迄今我一共译了十四本书：最多的文类是诗，共有六本；其次是戏剧，四本。不同的文类需要不同的"译笔"。诗要译得精致，富于节奏与韵律之美；戏剧的台词却要流畅而自然。诗是给读者看的，戏剧却是给听众听、演员讲的，必须现说、现听、现懂。诗当然也可以给听众听，不过那是诵者（reader）的事了。我在大学里教了三十年翻译，又主持梁实秋翻译奖二十二年，现在正在翻译《济慈诗选》，准备明年出书。[1]

翻译对文化与宗教的传播，贡献至巨。佛教输入中国，前后的译经有赖番僧与"唐僧"，例如鸠摩罗什与玄奘。基督教从近

---

[1] 即《济慈名著译述》，已于二〇一二年四月由九歌出版社出版。——编者注

东传到西欧，也有赖高僧把希腊文、希伯来文译成各国的语文：一部英文《钦定本圣经》（*King James Authorized Version*）对英国文学的影响不容低估。二十世纪初中国新文学乃至新文化的发展，翻译也是一大功臣。今日全球化的进展，尤其是媒体的传播，都不能缺少翻译，所以不良的译文体常会倒过来扭曲各国的语文，甚至会衍生一种非驴非马的"译文体"，亦即不中不西的"新文艺腔"。所以好的译者，好的翻译课教师，甚至一般的好语文教师，实在是一国语文的"国防大军"，必须认真维护自己民族清纯而自然的母语。中文正面临"恶性西化"的危机，为此我写过好几篇文章，包括《从西而不化到西而化之》与《中文的常态与变态》。

第四章

等你,在雨中

布谷鸟啼,两岸是一样的咕咕
木棉花开,两岸是一样的艳艳

‖ 凡是过去,皆为序曲 ‖

乡愁

小时候
乡愁是一枚小小的邮票
我在这头
母亲在那头

长大后
乡愁是一张窄窄的船票
我在这头
新娘在那头

后来啊

乡愁是一方矮矮的坟墓

我在外头

母亲在里头

而现在

乡愁是一湾浅浅的海峡

我在这头

大陆在那头

‖ 凡是过去，皆为序曲 ‖

乡愁四韵

给我一瓢长江水啊长江水

酒一样的长江水

醉酒的滋味

是乡愁的滋味

给我一瓢长江水啊长江水

给我一张海棠红啊海棠红

血一样的海棠红

沸血的烧痛

是乡愁的烧痛

给我一张海棠红啊海棠红

给我一片雪花白啊雪花白

信一样的雪花白

家信的等待

是乡愁的等待

给我一片雪花白啊雪花白

给我一朵腊梅香啊腊梅香

母亲一样的腊梅香

母亲的芬芳

是乡土的芬芳

给我一朵腊梅香啊腊梅香

一九七四年三月

夜读曹操

夜读曹操,竟起了烈士的幻觉

震荡腔膛的节奏忐忑

依然是暮年这片壮心

依然是满峡风浪

前仆后继,轮番摇撼这孤岛

依然是长堤的坚决,一臂

把灯塔的无畏,一拳

伸向那一片恫吓,恫黑

寒流之夜,风声转紧

她怜我深更危坐的侧影

问我要喝点什么,要酒呢要茶

我想要茶,这满肚郁积

正须要一壶热茶来消化

又想要酒,这满怀忧伤

岂能缺一杯烈酒来浇淋

苦茶令人清醒，当此长夜

老酒令人沉酣，对此乱局

但我怎能饮酒又饮茶

又要醉中之乐，又要醒中之机

正沉吟不决，她一笑说

"那就，让你读你的诗去吧"

也不顾海阔，楼高

竟留我一人夜读曹操

独饮这非茶非酒，亦茶亦酒

独饮混茫之汉魏

独饮这至醒之中之至醉

一九九六年一月二十三日

‖ 凡是过去，皆为序曲 ‖

断桥残雪

桥本不断，雪尚未来

迤逦西去是一堤锦带

长安居，人讥大不易

钱塘居白公幸有长堤

西向没入晚唐的雾里

遥接烟波更渺的苏堤

更南下，仍是北宋的江山吗

青石栏杆，碑亭御题

飞檐翘角，更有水榭玲珑

黑底相衬匾书的金字

正是"云水光中"，十景起点

湖光向西南开展，就算

桥真的断了，多少故事

与柳线争长，怎能就了断

一阵风来,皱了西子的妆镜
吹不开烈士的背影,倒影
悲剧遗恨,有民俗来收场
又是一割秋分,再圆秋月
秋风秋雨,唉,愁杀了秋瑾
风波难平岳墓的心情
更传说许仙和白娘子
在此相遇,也在此重逢
一念不泯,此心犹耿耿
雷峰再高压岂能够重镇
夕照不忍,一日一回顾
你听,烟水茫茫正黄昏
传来钱塘的江潮,隐隐
要招究竟是谁的亡魂

——二〇一二年十月于杭州

‖ 凡是过去，皆为序曲 ‖

白玉苦瓜
——故宫博物院所藏

似醒似睡，缓缓的柔光里

似悠悠醒自千年的大寐

一只瓜从从容容在成熟

一只苦瓜，不再是涩苦

日磨月磋琢出深孕的清莹

看茎须缭绕，叶掌抚抱

哪一年的丰收像一口要吸尽

古中国喂了又喂的乳浆

完美的圆腻啊酣然而饱

那触觉，不断向外膨胀

充实每一粒酪白的葡萄

直到瓜尖，仍翘着当日的新鲜

茫茫九州岛只缩成一张舆图
小时候不知道将它叠起
一任摊开那无穷无尽
硕大似记忆母亲,她的胸脯
你便向那片肥沃匍匐
用蒂用根索她的恩液
苦心的悲慈苦苦哺出
不幸呢还是大幸这婴孩

钟整个大陆的爱在一只苦瓜
皮靴踩过,马蹄踏过
重吨战车的履带压过
一丝伤痕也不曾留下

只留下隔玻璃这奇迹难信

犹带着后土依依的祝福

在时光以外奇异的光中

熟着,一个自足的宇宙

饱满而不虞腐烂,一只仙果

不产在仙山,产在人间

久朽了,你的前身,唉,久朽

为你换胎的那手,那巧腕

千晼万睐巧将你引渡

笑对灵魂在白玉里流转

一首歌,咏生命曾经是瓜而苦

被永恒引渡,成果而甘

一九七四年二月十一日

浪子回头

鼓浪屿鼓浪而去的浪子

清明节终于有岸可回头

掉头一去是风吹黑发

回首再来已雪满白头

一百六十浬这海峡,为何

渡了近半个世纪才到家?

当年过海是三人同渡

今日着陆是一人独飞

哀哀父母,生我劬劳

一穴双墓,早已安息在台岛

只剩我,一把怀古的黑伞

撑着清明寒雨的霏霏

不能去坟头上香祭告

说,一道海峡像一刀海峡

四十六年成一割，而波分两岸

旗飘二色，字有繁简

书有横直，各有各的气节

不变的仍是廿四个节气

布谷鸟啼，两岸是一样的咕咕

木棉花开，两岸是一样的艳艳

一切仍依照神农的历书

无论在海岛或大陆，春雨绵绵

在杜牧以后或杜牧以前

一样都沾湿钱纸与香灰

浪子已老了，唯山河不变

沧海不枯，五老的花岗石不烂

母校的钟声悠悠不断，隔着

一排相思树淡淡的雨雾

从四〇年代的尽头传来
恍惚在唤我,逃学的旧生
骑着当日年少的跑车
去白墙红瓦的囊萤楼上课
一阵掌声劈啪,把我在前排
从钟声的催眠术里惊醒
主席的介绍词刚结束
几百双年轻的美目,我的听众
也是我隔代的学妹和学弟
都炯炯向我聚焦,只等
迟归的校友,新到的贵宾
上台讲他的学术报告

|| 凡是过去，皆为序曲 ||

后记：

清明时节回到厦门，参加母校厦门大学七十四周年校庆，并在中、外文系各演讲一场（当地谓之"学术报告"）。四十六年前随双亲乘船离开厦门，从此便告别了大陆。他们双墓同穴，已葬在碧潭永春祠堂。厦大也在海边，鼓浪屿屏于西岸，五老峰耸于北天。囊萤楼，多令人怀古的名字，是我负笈当日外文系的旧馆。李师庆云早已作古，所幸当日的老校长汪德耀教授仍然健在，且在校庆典礼上重逢，忘情互拥。

一九九五年四月十五日

太阳点名

显赫的是太阳的金辇

绚烂的是云旗和霞旌

东经,西经,勾勒的行程

南纬,北纬,架设的驿站

等待络绎缤纷的随扈

簇拥着春天的主人

一路,从南半球回家

白头翁,绿绣眼

嘀嘀咕咕的鹧鸪

季节好奇的探子,报子

把消息传遍了港城

春娣和文耕带着我们

去澄清湖上列队迎接

凡是过去,皆为序曲

太阳进城的盛典

春天请太阳亲自
按照唯美的光谱
主持点名的仪式
看二月刚生了
哪些逗人的孩子
"南洋樱花来了吗?"
回答是一串又一串
粉红的缨络,几乎
要挂到风筝的尾上
或垂到湖水的镜中
"黄金风铃来了吗?"
回答是一朵又一朵

佩上一柯又一柯
　艳黄的笑靥太生动
　连梵谷都想生擒
　　"火焰木来了吗？"
　回答是一球又一球
　衬着满树的绿油油
　把亮丽的红灯笼高举
　烘暖行人的脸颊
　　"羊蹄甲也到了吗？"
　回答是一簇又一簇
　浅绯淡白的繁花
　像精灵在放烟火
　烧艳了路侧与山坡
　　"还有典雅的紫荆呢？"

‖ 凡是过去，皆为序曲 ‖

回答是惨绿黯紫

显然等得太久了，散了

"还有，"太阳四顾说

"最兴奋的木棉花呢？"

一群蜜蜂闹哄哄地说

她们不喜欢来水边

或许在高美馆集合

不然就候在高速路

从楠梓直排到冈山

不如派燕子去探探

要是还没有动静

就催她们快醒醒

——原载二○○九年三月十六日《联合报》

图书在版编目（CIP）数据

凡是过去，皆为序曲 / 余光中著. --北京：中国友谊出版公司，2020.11（2021.8重印）
ISBN 978-7-5057-5008-1

Ⅰ. ①凡… Ⅱ. ①余… Ⅲ. ①散文集－中国－当代 Ⅳ. ①I267

中国版本图书馆CIP数据核字（2020）第197148号

本书由九歌出版社有限公司授权出版。

书名	凡是过去，皆为序曲
作者	余光中
出版	中国友谊出版公司
发行	中国友谊出版公司
经销	新华书店
印刷	河北鹏润印刷有限公司
规格	880×1230毫米 32开
	8.25印张 160千字
版次	2020年11月第1版
印次	2021年8月第3次印刷
书号	ISBN 978-7-5057-5008-1
定价	45.00元
地址	北京市朝阳区西坝河南里17号楼
邮编	100028
电话	（010）64678009

如发现图书质量问题，可联系本社调换。质量投诉电话：010-82069336